Le rebelle apprivoisé

Candice Hern

Le rebelle apprivoisé

Traduit de l'américain
par Michèle Veubret

Titre original :

ONCE A SCOUNDREL
Avon Books, an Imprint of HarperCollins Publishers

© 2003 by Candice Hern
Pour la traduction française :
© Éditions J'ai lu, 2005

Je dédie ce livre à Louisa Pineault, collectionneuse de publications de mode, dont la connaissance des publications et revues parues sous la Régence anglaise est époustouflante. Je la remercie chaleureusement de m'avoir fait partager son savoir dans ce domaine. Un grand merci également à Elizabeth Boyle, qui m'a permis de consulter ses exemplaires du Lady's Magazine *de l'année 1801.*

1

Londres, juillet 1801

S'il n'avait bu autant, jamais il ne se serait fourré dans un pareil guêpier, songeait Anthony Morehouse tandis qu'il fourrageait dans le tas de billets étalés sur la table de jeu, à la recherche de sa reconnaissance de dette. Il en avait plus qu'assez et n'aspirait qu'à retrouver son lit.

Tôt dans l'après-midi, il avait proposé à Lord d'Aubney une course entre leurs Tilbury et avait gagné la paire de magnifiques chevaux gris du comte. Ils avaient dûment célébré l'événement à son club, et les toasts portés à sa victoire s'étaient succédé entre les parties de whist. Là encore, il avait gagné, mais il devait être plus éméché qu'il ne le pensait pour avoir accepté un enjeu aussi stupide.

Tony se souvenait de son malaise lorsqu'un gentleman avait engagé des biens personnels au lieu d'argent, comme il était d'usage. Il n'aurait jamais imaginé que Victor Croyden fût le genre de joueur prêt à tout. Mais quel était donc ce meuble qu'il avait gagné ? Une garde-robe, une commode ? Un objet dont il n'avait que faire, en tout cas !

— Messieurs, je vous abandonne, dit-il en fourrant le billet dans sa bourse.

Il se leva, et dut agripper le rebord de la table pour ne pas s'effondrer. Bon sang, il était sacrément ivre !

— Que diriez-vous de partager un fiacre, Croyden ? Nous pourrions parler de cette... commode, et convenir d'une heure pour la livraison.

Un concert d'éclats de rire accueillit sa remarque. Surpris, Tony baissa les yeux pour inspecter sa personne. Avait-il oublié de reboutonner son pantalon ? Une tache de vin sur son foulard ? Qu'y avait-il de si drôle ?

— Tu devrais être plus attentif, Morehouse, remarqua Sir Crispin tout en hoquetant de rire. Ce n'est pas un meuble que tu as gagné, vois-tu.

— Bien sûr que si ! C'est ce que Croyden a engagé. Je l'ai entendu clairement. Une garde-robe, ou une commode, ou quelque chose de ce genre. Très... élégant, a-t-il précisé. C'est écrit là, sur son billet...

Les rires redoublèrent, et Tony en éprouva une certaine irritation. C'était un gain ridicule, évidemment, mais il avait vu pire. Il n'avait pas voulu se montrer impoli envers Croyden et refuser son enjeu, même s'il doutait que ce satané meuble valût la somme qu'il avait misée... Il s'aperçut soudain que tous les membres du *White* s'étaient rassemblés autour de la table de jeu, curieux de connaître la raison de cette agitation.

— Dans ce cas, tu ferais bien de relire son billet, suggéra Sir Crispin.

Tony fouilla dans la poche de sa redingote, mais ne réussit qu'à emmêler les cordons de sa bourse. La tête lui tournait, et il lança d'un ton agacé :

— Dis-moi tout, ce sera plus simple.

Sans lâcher la table, il ajouta :

— Croyden, m'auriez-vous roulé dans la farine ?

— Pas le moins du monde.

Tony trouvait cependant que son sourire démentait ses dires.

— J'ai été parfaitement clair. Je croyais que vous aviez compris.

— Compris quoi ? fit Tony d'un ton soupçonneux, sa bonne humeur envolée.

Bien qu'il ne fût plus en état de penser clairement, il avait la désagréable impression que l'on s'était joué de lui.

— Que vous aviez compris ma mise en jeu : le magazine.

— Quel magazine ? Écoutez, Croyden, je ne suis pas gris à ce point. Vous avez misé une espèce de meuble de rangement. J'ai accepté. Si vous essayez de...

Croyden leva la main pour couper court à toute accusation.

— Je n'essaie rien, et surtout pas de me dédire.

Il n'avait pas l'air, en effet, d'un homme pris en flagrant délit de manœuvre déloyale. En fait, il rayonnait littéralement.

— J'ai mis *La Vitrine des élégantes* sur la table, et vous l'avez gagnée loyalement. C'est à vous.

— C'est bon. J'ai donc gagné la vitrine d'une dame. Cela n'a rien d'extraordinaire.

Les éclats de rire fusèrent à nouveau. Tony était de plus en plus troublé.

— Mais enfin, qu'y a-t-il ? Si ce fichu meuble est une pièce de valeur, comme Croyden l'a affirmé, ce n'est tout de même pas si drôle !

La foule des joueurs autour de la table l'oppressait, leurs rires lui flanquaient mal au crâne. Désespéré, il regarda autour de lui.

Ian Fordyce eut pitié de lui. Il s'approcha et le prit par les épaules.

— Tu devrais te rasseoir. Et, cette fois, essaie d'être attentif.

— Mais je ne veux pas me rasseoir. Je veux rentrer me coucher. Je suis épuisé.

— Je n'en doute pas, mais d'abord tu dois savoir ce que tu as gagné. Ce n'est pas un meuble.

— Comment cela ? Je sais ce qu'est une vitrine, par tous les diables !

Ian fit un effort pour réprimer un autre éclat de rire.

— Bien sûr. Mais là, il s'agit d'un magazine. *La Vitrine des élégantes* est un magazine. Tu as compris, Morehouse ?

Tony attendit que l'information se fraye un chemin jusqu'à son cerveau embrumé. Il venait de gagner un magazine ? Il avait vidé sa bourse pour quelques feuilles de papier imprimées ? Était-il ivre à ce point ? Rien d'étonnant qu'il fût la risée de tous !

— Voyons si j'ai bien compris. Croyden, vous avez parié un vulgaire torchon à trois sous contre la totalité de ma bourse ?

— Pas un simple exemplaire du magazine, Morehouse ! L'affaire ! Je possédais ce périodique, à présent, il est à vous.

— Attendez un peu ! Qu'est-ce que cela signifie ?

— Vous êtes le nouveau propriétaire de *La Vitrine des élégantes*, le journal de mode fondé par ma mère. Bienvenu dans la maison !

Tony sentit ses genoux se dérober sous lui et se laissa tomber sur la chaise qu'une bonne âme avait placée derrière lui.

— Que diable me chantez-vous là ? J'aurais joué pour un fichu magazine féminin ?

— En effet. Et vous l'avez gagné.

Il y avait quelque chose de louche dans cette affaire. Croyden semblait décidément trop joyeux.

Lord Jasper Skiffington profita du court silence qui suivit pour lancer à la cantonade d'une voix de stentor :

— Vous vous rendez compte ? Ce bon vieux Morehouse qui va nous faire la chronique de la dernière mode de Paris !

— Chanter les louanges du dernier roman de Mme Radcliffe.

— Regretter la poésie amoureuse d'antan.

— Donner des conseils sur la meilleure méthode d'épilation du visage.

— Ou bien celle pour enlever les taches sur la mousseline.

— Comment se confectionner une coiffe avec une étamine à fromage !

Les rires redoublaient à chaque suggestion. Pris de vertiges, Tony sentit une vague de nausée lui soulever l'estomac.

— Tu ferais bien de boire cela, suggéra son ami Fordyce en lui mettant une tasse de café dans la main.

Tony but une gorgée du breuvage dont l'amertume le fit grimacer. Il lui semblait que sa tête allait éclater.

— Vous savez ce que nous allons faire, Croyden ? Une revanche. Je vous offre une chance de regagner votre bien.

— Je refuse, Morehouse. Vous l'avez gagné légitimement. Il est à vous.

Nul doute, c'était un sale tour que l'homme lui jouait. L'affaire ne sentait pas bon.

— Pourquoi donc êtes-vous si pressé de vous en débarrasser ? Qu'est-ce qui ne va pas dans cette affaire, en dehors du fait qu'il s'agit d'une entreprise féminine, s'entend.

— Rien du tout. L'affaire est plutôt saine. Elle rapporte même des sommes coquettes. Ce n'est que l'une des publications que j'ai héritées de ma mère.

Tony avala une autre gorgée de café tout en essayant de rassembler ses esprits. Il croyait se souvenir que

Croyden, entre autres occupations, travaillait dans la presse.

— Je suis pris par d'autres aventures éditoriales plus importantes, expliqua ce dernier. Des journaux, des revues littéraires et politiques, une anthologie de faits divers... Je suis même très occupé en ce moment par une nouvelle histoire de la Grèce antique. Je n'ai pas de temps à consacrer à *La Vitrine* qui, je l'avoue, ne m'a jamais passionné.

Tony se surprit soudain à chercher des traces d'encre sur les doigts de Croyden. Il n'avait jamais réalisé que l'homme était un éditeur aussi important. À vrai dire, il le connaissait très peu. Croyden était son aîné d'une trentaine d'années, et ils ne se rencontraient qu'au club de temps à autre.

— Vous avez bien dit que votre mère avait fondé ce magazine ?

— En effet. À la fin de sa vie. Elle a convaincu mon père de le financer, et elle l'a lancé, avec un certain succès, je dois l'admettre. Depuis sa mort, c'est la nièce de ma défunte épouse qui le dirige, d'une main de maître d'ailleurs, si bien que je n'ai à me soucier de rien.

— Ai-je gagné la nièce avec le journal ?

De nouveaux éclats de rire fusèrent, et Sir Crispin s'exclama :

— On peut faire confiance à Morehouse pour entrer directement dans le vif du sujet : la femme !

— Mais il s'agit d'une femme qui dirige un magazine, rappela Fordyce. Elle risque d'appartenir à une espèce différente de celle à laquelle tu es habitué, mon vieux. Elle pourrait ne pas être sensible à... ton charme.

— Certes, mais imaginez un peu le défi, Morehouse ! renchérit Sir Crispin.

Tony ne prêtait pas attention à ces remarques pleines de sous-entendus quant à ses prouesses avec la gent féminine, flatteuses du reste. Il avait d'autres préoccupations. Qu'allait-il faire de ce maudit magazine ? Il n'avait pas l'intention de se salir les mains s'il pouvait l'éviter. Le seul travail qui l'intéressât était celui qui se faisait tout seul et qui remplissait son compte en banque. Si la nièce pouvait se charger de cela, ce serait parfait.

— Eh bien, Croyden ?
— Ma foi, je dirais que cela dépend de vous. Je crois qu'elle aime son travail et restera si vous n'apportez pas de changements. Toutefois, je dois vous prévenir qu'elle a un fichu caractère. Un peu du genre bas-bleu, si vous voyez ce que je veux dire.

Croyden gloussa et secoua la tête.

— Encore une de ces vieilles filles frustrées qui se croient capables de faire le travail d'un homme, reprit-il. Elle n'a jamais voulu que je me mêle de ses affaires, ce qui me convenait parfaitement. Des bonnes femmes toquées et des vieilles filles qui écrivent sur la mode et la poésie romantique, très peu pour moi !

Il frémit de dégoût avant de conclure :

— Laissez-les continuer à leur guise, Morehouse, et vous n'aurez aucun problème.

Tony s'aperçut que d'être devenu soudain propriétaire d'une publication féminine avait un effet particulièrement dégrisant. Une idée effrayante lui traversa l'esprit.

— Dites-moi, Croyden, vous n'avez jamais été obligé d'écrire un article pour ce... ce *magazine*, n'est-ce pas ?

— Écrire ? Grands dieux, non ! Je n'ai même pas lu cette feuille de chou depuis des années. Vous n'aurez rien d'autre à faire que de récolter les bénéfices.

Tony espérait que tout serait aussi simple.

— Où peut-on trouver votre magazine ?

— *Votre* magazine, Morehouse. Si vous voulez jeter un coup d'œil au dernier exemplaire, vous le trouverez chez la plupart des libraires. Si vous parlez de l'entreprise, j'ai noté l'adresse de ma nièce sur le billet. Elle dirige tout de la maison qu'elle partage avec son frère sur Golden Square. Vous pourriez lui rendre visite demain, vous feriez connaissance avec le troupeau de vieilles filles. Passez me voir ensuite, mon notaire aura préparé les papiers.

Tony accepta sans discuter et termina son café. Après quoi, Fordyce l'empoigna par le bras et le guida vers la sortie.

— Doucement, Ian, par pitié. J'ai les jambes en coton et la tête qui tourne comme une toupie.

— Je sais. C'est pourquoi je t'emmène hors d'ici avant que tu te fourres de nouveau dans le pétrin.

— Allons, mon vieux, ce n'était qu'un stupide pari de plus. Mieux vaut cela que d'avoir perdu ma dernière chemise, non ?

— J'aimerais en être sûr.

Fordyce héla un fiacre et poussa Tony à l'intérieur, après avoir donné l'adresse au cocher. Tony ouvrit la vitre pour laisser entrer un peu d'air pur.

— Tu penses vraiment que ce magazine puisse être une source d'ennuis ?

— Cela m'en a tout l'air.

— À mon avis, tu te trompes, Ian. Je n'ai pas la moindre intention de m'en occuper. Pourquoi voudrais-je diriger un magazine féminin ?

— Tu vas le revendre, alors ?

— Dès que Croyden m'aura transmis les papiers.

— Qui dans tes relations voudrait posséder un journal de mode ? Ta mère ?

— Dieu du Ciel, non !

Tony ne put retenir un sourire à la pensée de sa mère entreprenant une quelconque activité, elle qui passait le plus clair de son temps alanguie dans son fauteuil, enveloppée de coûteuses dentelles.

— Pas ma mère, mais j'ai quelques idées.

En réalité, il n'en avait qu'une. Il misait tout sur la nièce célibataire. Puisqu'elle dirigeait le magazine, elle serait sans doute ravie d'en devenir propriétaire. Il songea à la tête que ferait Croyden, mais ce n'était plus son affaire.

— Je te parie ma chemise qu'avant deux semaines tu regretteras d'avoir entendu parler de *La Vitrine des élégantes*, déclara Fordyce.

— Pari tenu.

La réponse avait fusé malgré lui. Tony n'avait jamais su résister à un pari. D'aucuns, et surtout son père, pensaient que c'était là sa plus grande faiblesse. Alors que le fiacre s'immobilisait devant sa maison, il se demanda toutefois s'il ne venait pas de faire une sottise qu'il allait regretter toute sa vie.

Edwina Parrish noua une ficelle autour des épreuves du prochain numéro de *La Vitrine des élégantes* et tendit le paquet à l'apprenti imprimeur.

— Je vous fais confiance pour imprimer cela demain, Robbie.

— On fera notre possible, mademoiselle, s'il n'y a pas trop de changements.

— Il n'y en a pas beaucoup cette fois. Mais nous devons insérer une gravure supplémentaire, et nous avons besoin de temps pour la colorier. Cela nous arrangerait d'avoir les copies le plus tôt possible. Oh, et dis à Imber que nous lui enverrons un nouveau pamphlet d'ici la fin de la semaine!

— Bien, mademoiselle.

À peine l'apprenti avait-il quitté la pièce que Nicolas entra. Il prit place sur un siège en face du bureau de sa sœur et croisa les jambes. La maison appartenait à leur père, mais celui-ci ne venait jamais en ville et ne voyait donc aucune objection à ce que la bibliothèque fût transformée en bureau pour le magazine. Nicolas ne s'en était jamais plaint non plus, bien qu'Edwina fût certaine qu'il aurait préféré avoir la pièce pour lui. Le jeune homme regarda les paquets de feuillets soigneusement empilés sur le bureau.

— Un nouvel exemplaire sous presse ?
— Oui, pour l'édition définitive.

Elle rassembla les paquets de feuillets pour n'en faire qu'une seule pile qu'elle recouvrit d'une feuille blanche. Puis elle trempa sa plume dans l'encrier et écrivit la date.

— À propos, ton article sur Mathilde de Toscane est brillant.

Nicolas sourit et inclina légèrement la tête.

— Augusta Historica, pour vous servir. As-tu réussi à insérer ta critique de la nouvelle édition des *Essais sur l'éducation* ?
— Oui.

Edwina attacha un ruban autour des pages manuscrites et les posa sur une étagère derrière elle, à côté d'autres paquets du même genre, un pour chaque publication mensuelle. Elle s'adossa à son fauteuil et se permit un bref instant de fierté. Une nouvelle parution menée à bien ! Il restait encore à s'occuper du coloriage des planches, de la reliure et de la distribution, mais d'autres collaborateurs s'en chargeaient. Elle ne se souciait que du contenu, veillant à la qualité des articles, de la poésie, des nouvelles... Elle écrivait elle-même la plupart des critiques littéraires, qu'elle signait Arbiter Literaria.

— Les Edgeworth devraient apprécier ta critique, fit Nicolas, surtout après tout le venin distillé par le *Monthly Mirror*.

Edwina étendit les jambes sous le bureau et soupira.

— J'espère qu'oncle Victor n'aura pas l'idée d'ouvrir un exemplaire de *La Vitrine* ! Je n'ai pas mentionné l'article du *Mirror*, bien sûr, mais n'importe quel lecteur un peu attentif devinera que je l'attaque.

— Oncle Victor est bien trop occupé par le *Mirror* et ses autres publications pour s'intéresser à ton journal. Le pauvre homme n'a aucune idée de ce qu'est devenu le petit magazine de sa mère, ajouta-t-il en gloussant. Tant qu'il en récoltera des bénéfices, il ne viendra pas y fourrer son nez. À ce propos, si nous jetions un coup d'œil aux registres ce soir ? J'aimerais savoir si on ne pourrait pas publier un autre pamphlet en faveur de Thurgood. Il se présente aux élections partielles dans moins de deux mois.

— Ça me paraît possible. Prudence a déniché deux nouveaux annonceurs cette semaine.

Nicolas haussa les sourcils.

— Vraiment ? Brave Prudence ! Sont-ils inscrits dans le registre ?

— Non.

— Tant mieux. Nous allons trouver un moyen de détourner la somme nécessaire au pamphlet.

Il y avait toujours une cause ou une autre à défendre, mais ils ne disposaient que de très peu d'argent. Ils ne pouvaient compter sur leur père, quelque peu écervelé sur les questions financières, ce qui était dommage, car Nicolas regorgeait d'idées. Les articles qu'il écrivait pour différents journaux lui permettaient de gagner un peu d'argent, mais cela ne suffisait pas. En outre, il avait fait des investissements dont il n'avait jamais voulu parler avec Edwina, mais elle le soupçonnait d'avoir déjà perdu de grosses sommes. Il souffrait bien plus qu'elle de leur situation précaire.

Le magazine connaissait un certain succès, mais les bénéfices allaient directement dans la poche de l'oncle Victor. Edwina recevait un maigre salaire, et de quoi faire face aux dépenses courantes. Mais elle devait toujours quémander dès qu'il s'agissait d'engager des artistes et des graveurs.

Toutefois, tant que leur oncle ne regarderait pas de près l'un des exemplaires du magazine, il ne verrait pas que quelques annonceurs manquaient dans les registres comptables. Bien qu'il n'ait jamais réclamé aucun compte, Edwina demeurait cependant sur ses gardes.

— Est-ce que le pamphlet est prêt ?

— Pas tout à fait, répondit son frère. J'y travaille. Il faut que je modère un peu le ton. Tu me connais, ajouta-t-il avec un sourire penaud.

— Peut-être devrais-tu demander à Simon d'y jeter un coup d'œil ? Il est doué pour cela.

— Impossible en ce moment ! Il est incapable de penser clairement. Du reste, il est toujours à la campagne, à savourer les joies de son récent mariage.

— Dans ce cas, je le regarderai moi-même, dans une perspective féminine. Lorsque les femmes sont mises au fait des problèmes, elles peuvent influencer leurs maris, tu sais.

Nicolas se pencha au-dessus du bureau et prit la main de sa sœur.

— Je sais surtout que *La Vitrine* n'est pas la tribune de haut niveau à laquelle tu aspirais.

— C'est bien ainsi, Nickie. Je suis satisfaite.

Elle avait eu de plus grandes ambitions, certes. Elle aurait voulu écrire de grandes œuvres philosophiques pour divulguer ses idées radicales. Mais le temps, et la déception, aidant, elle avait modifié ses objectifs. Elle ne rêvait plus d'un grand œuvre, elle espérait juste marquer une petite différence.

— Après tout, c'est déjà une gageure de réussir à conserver à *La Vitrine* sa façade innocente. Tant qu'elle sera perçue comme un banal magazine féminin, avec une chronique de mode et de la poésie sentimentale, personne n'ira suspecter que des choses plus importantes s'y dissimulent.

Après un léger grattement à la porte, Prudence Armitage fit son entrée.

Prudence était une amie de longue date des Parrish, et l'indispensable assistante d'Edwina. Comme d'habitude, des mèches blond-roux s'échappaient de son chignon, et elle avait relevé ses lunettes sur son front.

— Une lettre vient d'arriver par porteur spécial. Cela vient de l'oncle Croyden.

Edwina lança un bref coup d'œil à son frère et prit la lettre que Prudence lui tendait. Que pouvait-il avoir de si urgent à lui dire ? Elle éprouva un sombre pressentiment.

Après avoir brisé le sceau, elle déchiffra la missive, les sourcils froncés, car l'écriture de son oncle était quasiment illisible. Hélas, une chose au moins était parfaitement claire.

— Dieu du Ciel ! Je ne peux pas le croire.

Elle s'affaissa contre le dossier de son siège comme si elle avait reçu un coup à l'estomac.

Nicolas bondit de sa chaise et se rua vers elle.

— Qu'y a-t-il, Edwina ? De mauvaises nouvelles ?

Sa sœur ne répondit pas. Elle fixait le billet, en proie à une colère croissante.

— Comment a-t-il pu ? Et sans m'en informer !

Elle se leva brusquement et se mit à arpenter l'étroit espace entre le bureau et le mur du fond.

— Ce n'est que le mari de ma tante, d'accord, mais ce qu'il a fait est répugnant !

— Qu'a-t-il fait ? demanda Nicolas d'une voix pressante. Qu'y a-t-il ?

— Il y a que toutes mes années de dur labeur ne représentent rien pour lui. Il aurait tout de même pu me consulter, non ? Et même, pourquoi pas ? me proposer l'affaire en premier. Mais non ! C'est monstrueux, tout simplement monstrueux !

— Edwina, par pitié, vas-tu m'expliquer ce qui se passe ?

Edwina continuait à marcher de long en large, toute à sa fureur.

— Et maintenant, que suis-je censée faire ? M'effacer poliment ? Prétendre que cela m'est égal et me taire, en bonne nièce docile ? Tout cela parce que je ne suis qu'une femme.

Prudence se risqua à prendre la parole à son tour.

— Edwina, par pitié, dis-nous de quoi il retourne.

Edwina semblait ne pas avoir entendu. Elle froissa rageusement le billet de l'oncle Victor et le jeta au loin.

— Tout est fichu, voilà ce qu'il y a ! Il a détruit tout notre travail. Qu'il aille en enfer !

— Ça suffit, Edwina, s'énerva Nicolas. Je te jure que si tu ne nous dis pas sur-le-champ ce qui se passe, je vais en venir aux mains !

Edwina s'immobilisa et prit enfin conscience des visages inquiets tournés vers elle.

— Il a vendu *La Vitrine*. Nous avons un nouveau propriétaire.

2

Tony baissa de nouveau les yeux sur le billet qu'il tenait à la main. Au moins, le numéro était lisible. S'il ne s'était pas souvenu d'avoir entendu Croyden dire que sa nièce habitait à Golden Square, il aurait été bien incapable de reconnaître l'adresse dans ce gribouillis.

Il descendit de voiture et tendit les rênes au postillon, qui irait promener les chevaux autour du square pour les faire patienter. Il n'avait pas l'intention de s'attarder.

La maison était modeste, l'environnement aussi, même s'il jouxtait un quartier plus huppé. C'était le décor auquel il s'attendait. Il convenait bien à ce genre d'activité éditoriale, et à une vieille fille vivant avec son frère.

Il vérifia l'adresse une fois de plus, mais ne put déchiffrer avec certitude le nom de la nièce. Cela ressemblait à Paris... ou à Partridge. Tony sortit de sa poche l'exemplaire de *La Vitrine des élégantes* qu'il s'était procuré le matin même et en relut la présentation : *Il propose un abrégé de bon ton d'informations intelligentes et amusantes, dans le but d'instruire le beau sexe tout en le divertissant. Éditions V. Croyden, Londres, Paternoster Row.* Il feuilleta les pages du journal, mais ne découvrit aucun nom d'éditeur. Quant aux auteurs des articles, la plupart utilisaient visiblement des pseudonymes.

Tant pis, il se débrouillerait. Il tira sur le cordon de la sonnette.

La porte s'ouvrit quelques minutes plus tard sur une femme aux cheveux blond-roux un peu en désordre, le regard suspicieux derrière ses lunettes.

— Bonjour, fit Tony. Je m'appelle Morehouse. Je viens voir Mlle Paris.

Les yeux de son interlocutrice s'agrandirent et sa bouche s'arrondit pour former un « O » parfait.

— Vous devez être le nouveau propriétaire de *La Vitrine des élégantes*.

Croyden avait déjà prévenu tout le monde. Parfait.

— En effet.

La jeune femme lui fit signe de la suivre dans le hall.

— Entrez, monsieur. Nous vous attendions. Au fait, son nom est Parrish, pas *Paris* !

Tony décida que cette femme n'était pas une simple domestique, mais l'une des vieilles filles qui travaillaient au magazine. Il aperçut une salle à manger sur sa gauche et une cage d'escalier à droite. Elle ouvrit une porte au fond du couloir. Il se retrouva dans une sorte de bibliothèque encombrée de tables de travail couvertes de papiers et de livres, et qui, pourtant, lui parut en ordre.

Une femme était assise à l'un des bureaux, penchée sur une feuille. Elle leva la tête à son entrée et Tony en eut le souffle coupé : c'était l'une des plus belles créatures qu'il eût jamais vues.

Le teint pâle, les cheveux de jais, ses sourcils dessinaient un arc parfait au-dessus de ses grands yeux d'un noir aussi profond que sa chevelure. Ses lèvres pulpeuses étaient si colorées qu'elles semblaient fardées, mais, en s'approchant, il vit qu'il n'en était rien. Ainsi, c'était elle, la vieille fille dont on lui avait parlé ?

— Edwina, voici M. Morehead, le nouveau propriétaire du magazine.

La jeune femme se leva et tendit la main.

— Mlle Parrish, éditrice.

Hypnotisé par les yeux noirs qui le scrutaient, Tony fit quelques pas et s'empara de sa main.

— Et vous avez déjà rencontré Mlle Armitage, ma collaboratrice.

— Très honoré, mademoiselle Parrish... et... vous aussi, mademoiselle Armitage.

Ce fut soudain comme s'il se réveillait d'un enchantement.

— Attendez ! Votre nom est Parrish, Edwina Parrish ?

— Oui.

Il l'étudia avec attention. Bien sûr que c'était elle ! Comment n'avait-il pas reconnu au premier regard le menton volontaire, le port assuré des épaules ?

— Que je sois damné ! Quel défi allez-vous me proposer cette fois ?

Les sourcils à la courbe si élégante se haussèrent de surprise, puis un lent sourire illumina le visage d'Edwina. Le cœur de Tony s'arrêta de battre. Dieu, qu'elle était belle ! Comment pouvait-elle être encore célibataire ? Elle devait approcher des trente ans.

— Il me semblait bien que votre visage m'était familier, dit-elle enfin. Anthony Morehouse ? C'est vraiment vous ?

Elle pouffa de rire et lui indiqua une chaise d'un geste de la main.

— Morehouse, et pas Morehead ! reprit-elle. Je n'ai jamais su déchiffrer l'écriture de l'oncle Victor. Dieu, cela fait si longtemps ! Cela m'étonne que vous vous souveniez de moi. Cela fait presque vingt ans.

Il sembla soudain à Tony que c'était hier. Enfant, il avait vécu dans le Suffolk, et, tous les étés, un voisin recevait la visite de sa petite-fille. Il avait passé de nombreux après-midi à jouer avec cette fillette au fort tempérament. La dernière fois qu'ils s'étaient vus, c'était un peu avant la mort du grand-père d'Edwina, il devait avoir treize ans.

Elle était de deux ans sa cadette, mais parlait haut et fort, était originale et terriblement irritante. Elle était si différente des autres filles. Ni guindée ni docile, elle se moquait totalement des convenances et n'en faisait qu'à sa tête. Le père de Tony affirmait qu'elle avait hérité du caractère de sa mère, une artiste qui peignait des nus scandaleux. La petite Edwina – qu'il appelait Eddie – excellait dans les jeux de garçons, et était très fière de sa supériorité. Il l'avait détestée pour cela, ou plutôt parce qu'il était loin d'apparaître à son avantage à ses côtés, ce qui blessait son orgueil de jeune mâle.

— Comment aurais-je pu oublier celle qui me faisait passer pour l'idiot du village !

— Je n'ai jamais rien fait de tel, répliqua-t-elle, une lueur malicieuse dans le regard.

— Permettez-moi de ne pas être d'accord. Vous n'arrêtiez pas de me lancer des défis.

— Que je gagnais, si je m'en souviens bien.

Elle se tourna vers son assistante, qui était restée sur le seuil et les observait d'un air renfrogné.

— Nous nous sommes connus enfants, Prudence, expliqua-t-elle. Nous faisions des courses, et toutes sortes de compétitions, et il semblerait que M. Morehouse m'ait gardé rancune d'en avoir gagné quelques-unes.

— Avez-vous toujours la Minerve ?

La question lui avait échappé. C'était ridicule, mais après plus de vingt ans, il y songeait encore avec amertume. Ce dernier été dans le Suffolk, il avait sottement parié avec elle sur un steeple-chase improvisé, sûr de gagner, cette fois. Elle avait elle-même fixé l'enjeu : une petite tête de Minerve en bronze doré, à laquelle le père de Tony tenait beaucoup.

— Grands dieux ! s'exclama-t-elle. Vous vous souvenez aussi de cela !

— Comment aurais-je pu l'oublier ? Je n'ai pas pu m'asseoir pendant des semaines, après la correction que m'a administrée mon père. Il ne m'a jamais pardonné d'avoir perdu sa précieuse statuette.

En réalité, cet événement avait été le premier d'une longue liste d'actes irresponsables qui lui avait valu de ne pas être dans les petits papiers de son père.

— Oh ! J'en suis désolée.

Elle s'efforça d'afficher un air contrit, mais la lueur amusée dans ses yeux démentait ses paroles de regret.

— Vous ne m'aviez pas dit cela. Je pensais que la statuette vous appartenait, que vous l'aviez trouvée...

— Ce n'était pas le cas.

Mais elle avait raison, il s'était vanté d'avoir trouvé la Minerve, pour l'impressionner.

— Vous l'avez gardée ? s'enquit-il.

— Bien sûr. Je l'adore. Tu te souviens de la petite tête romaine, Prudence, ajouta-t-elle à l'adresse de son assistante.

Cette dernière fronça les sourcils.

— Celle qui est sur le secrétaire à côté de ton lit ?

Prudence se mordit la lèvre et rougit jusqu'aux oreilles, au grand amusement de Tony qui songea que c'était bien là une réaction de vieille fille que de perdre contenance pour avoir simplement mentionné le mot lit !

Elle ne savait plus où poser les yeux.

— Il est peu probable que j'oublie, n'est-ce pas ?

— En effet, répondit Edwina.

Elle se tourna vers Anthony, qui haussait un sourcil interrogateur, et sourit.

— C'est la plus belle chose que m'ait rapportée l'un de nos paris.

— Hum!

Il se demandait encore comment l'agaçante gamine avait pu se transformer en une pareille beauté.

— J'étais stupide de relever systématiquement vos défis, alors que je savais que j'allais perdre. Mais aujourd'hui, je pourrais vous battre.

Seigneur! Quelle remarque puérile! Que lui arrivait-il?

— Je n'en doute pas. D'ailleurs, vous venez de le faire.

Toute trace d'amusement s'était soudain évanouie de son regard.

— Vous possédez *La Vitrine* qui me revenait de droit. J'ai travaillé dur, et j'ai contribué à son succès. Je n'arrive pas à croire que mon oncle ait pu vous le vendre sans prendre la peine de me demander avant s'il m'intéressait.

— Il ne me l'a pas vendu.

Les yeux d'Edwina s'agrandirent de surprise.

— Pardon?

— Il ne me l'a pas vendu. Je l'ai gagné.

— Vous quoi?

— Je l'ai gagné aux cartes. J'ai d'abord cru qu'il s'agissait d'un meuble, mais je l'ai gagné loyalement. Il m'appartient désormais.

— Bon sang!

Le poing de la jeune femme s'abattit sur le bureau avec une telle force que le nécessaire d'écriture en trembla.

— Il a perdu mon journal aux cartes! Quelle indicible stupidité! Et je suis à présent censée travailler pour vous parce que vous avez eu la main heureuse ? C'est monstrueux.

Il la reconnaissait bien là. Toujours aussi emportée, et aussi franche ! Il ressentit une vilaine jubilation. Déjà un nouveau plan venait de germer dans son esprit. Un plan qui lui permettrait de se venger de tous les paris perdus de son enfance, et de ne pas perdre de vue cette superbe femme, du moins pendant quelque temps. C'était retors, mais délicieux. Il pouvait à peine attendre de le mettre en branle.

— Eh bien, il m'aura fallu patienter presque vingt ans, mais on dirait que je vous ai enfin battue. Finalement, cela compensera la perte de la Minerve.

Edwina se retint pour ne pas lui flanquer une gifle. Comment osait-il afficher ainsi sa satisfaction ? Il n'avait plus rien du petit garçon fier et déterminé d'autrefois, celui qu'elle essayait tellement d'impressionner. Sa fierté s'était muée en arrogance. Résultat sans doute de son apparence physique, car le garçonnet maigre à taches de rousseur était devenu un très bel homme, dont le costume parfaitement coupé mettait en valeur la silhouette athlétique.

— Cela n'a rien à voir, et c'est fort injuste, rétorqua-t-elle. Vous ne voulez pas le magazine, car vous ne connaissez probablement rien au travail d'éditeur. Vous souhaitez seulement empocher les bénéfices !

— Bien sûr. On m'a dit que l'entreprise était rentable.

— Mais c'est injuste ! répéta-t-elle.

Elle se tut, luttant visiblement pour se calmer.

— Ce devrait être moi, la propriétaire, mais oncle Victor ne m'aurait jamais proposé l'affaire parce que je suis une femme. Il est convaincu que la place d'une femme n'est pas à la tête d'une entreprise. Toutefois, cela ne le dérangeait guère de récolter l'argent gagné par cette même femme. Et maintenant, cet argent va aller dans la poche d'un autre homme. Allez tous au diable !

— Ne soyez pas trop prompt à me condamner. Écoutez d'abord la proposition que j'ai à vous faire.

Elle lui lança un regard méfiant.

— Vous seriez prêt à me vendre *La Vitrine* ?

— Oh, ce serait trop facile. Considérant l'histoire que nous avons en commun, je pense qu'un nouveau défi s'impose.

— Quelle sorte de défi ?

— L'enjeu en serait le magazine, justement

— Dieu du Ciel ! Je devrais prendre le risque de parier le journal ?

Elle aurait dû s'en douter !

— Exactement. Mais je dois prendre quelques renseignements avant de m'engager. Peut-être me permettrez-vous de jeter un coup d'œil aux livres de comptes ?

Edwina sentit son pouls s'accélérer.

— Pourquoi ?

— L'enjeu pourrait être d'augmenter les bénéfices.

— Non, ce ne serait pas loyal.

Elle espérait qu'il n'avait pas perçu son trouble. Il n'était pas question qu'il eût accès aux comptes avant que Prudence, Nicolas et elle n'aient procédé aux ajustements nécessaires.

— Les bénéfices dépendent des abonnements, expliqua-t-elle. Pour attirer de nouveaux souscripteurs, il nous faudrait engager des dépenses. Vous ne pouvez compter sur une augmentation des profits à court terme. Je ne pourrai jamais accepter un tel défi.

— Voyons du côté des souscriptions alors. Combien avez-vous d'abonnés ?

— Presque deux mille.

Edwina en était très fière. Leur nombre avait doublé depuis qu'elle avait pris la revue en charge, cinq ans auparavant.

— Supposez que je vous mette au défi d'augmenter ce nombre. Trouveriez-vous cela loyal ?

La jeune femme réfléchit un instant. La chose n'était pas impossible, en effet. Elle en avait souvent discuté avec Prudence. Les nouveaux annonceurs représentaient un premier pas dans cette direction. Elle regarda son assistante, qui acquiesça d'un signe de tête.

— Oui. Cela me paraît loyal.

— Bien. Alors, je vous parie que vous ne pourrez pas tripler le nombre des souscriptions en trois mois. Si vous gagnez, bien sûr, le magazine est à vous.

— Quoi ? Vous êtes fou ! C'est impossible.

Tony lui adressa un lent sourire.

— Ainsi, vous abandonnez aussi facilement ? Ce n'est pas très sportif. Cela signifie-t-il que j'ai gagné ?

— Espèce de vaurien. Vous êtes odieux, tout cela parce que je vous ai battu à quelques courses quand nous étions enfants.

Il arqua un sourcil.

— Mademoiselle Parrish, vous n'êtes plus la jeune fille intrépide d'autrefois. L'Eddie que j'ai connue ne se serait jamais dérobée devant un défi. Vous me décevez beaucoup.

Edwina blêmit. Il cherchait à la pousser à bout, et le pire, c'était qu'il y parvenait !

— Proposez-moi un défi raisonnable, et j'accepterai votre stupide pari. Personne ne pourrait tripler les tirages en trois mois. Pas même moi, ajouta-t-elle pour lui prouver qu'elle ne se sous-estimait pas.

Il lui offrit un autre sourire, et hocha la tête.

— D'accord. Disons deux mille souscriptions supplémentaires en quatre mois. Si vous réussissez, le magazine est à vous. Si vous échouez, vous déciderez si vous voulez continuer, ou non, à travailler pour moi.

C'était un défi de taille, et Edwina doutait de ses chances. Quatre mois représentaient un délai bien court. De plus, c'était l'été, et de nombreux abonnés potentiels étaient partis à la campagne. Elle savait également qu'il ne reviendrait pas sur les termes de son pari. C'était à prendre ou à laisser.

Elle envisagea de refuser. Après tout, elle pouvait continuer à diriger le magazine avec un nouveau propriétaire, si toutefois celui-ci lui laissait les mains libres. Hélas, rien n'était moins sûr !

Mais si elle gagnait ? Jamais elle n'avait osé espérer posséder l'affaire. Elle n'avait pas d'argent, et il était peu probable que son oncle la lui lègue après sa mort vu l'opinion qu'il avait des femmes. Elle se surprit à rêver : un magazine bien à elle ! Plus besoin de trafiquer les comptes, plus de crainte d'être renvoyée si l'on découvrait qu'elle diffusait des articles de sensibilité républicaine…

L'occasion était trop belle pour qu'elle la laisse passer. Si elle perdait, cependant, elle doutait de pouvoir travailler pour Anthony Morehouse. Il était bien trop exaspérant.

Elle lança un coup d'œil à Prudence, qui haussa légèrement les épaules.

— J'accepte, lâcha-t-elle.

— Formidable !

Il sourit franchement, et Edwina sentit un léger picotement lui parcourir le corps. Seigneur, elle n'avait plus dix ans ! Elle devait se contrôler.

— Ah, une dernière chose. Si je gagne, je récupère la Minerve.

Elle leva les yeux au plafond. Tout ça pour une maudite statuette ! Mais elle devait convenir qu'elle y tenait beaucoup, elle aussi. Elle n'allait certainement pas la perdre, pas plus qu'elle ne perdrait *La Vitrine*.

Elle se leva, contourna le bureau et lui tendit la main.

— Entendu.

De manière inattendue, Anthony porta sa main tendue à ses lèvres, et Edwina ressentit de nouveau ce picotement dans tout le corps. Elle vit dans son regard gris qu'il avait perçu son trouble et s'en amusait.

— Parfait, fit-il. Nous allons coucher tout cela sur le papier.

Il fouilla dans la poche intérieure de son gilet et en tira un carnet relié de cuir rouge, qu'il ouvrit à une page blanche.

— Mon livre de paris. À vous l'honneur.

Edwina tourna les pages du carnet, et ne put s'empêcher d'être déçue par ce qu'elle découvrait. De toute évidence, Morehouse était un joueur invétéré. Elle se souvenait qu'il était le cadet de la famille... Était-ce ainsi qu'il avait fait son chemin dans la vie, en jouant ?

— Vous êtes un homme très occupé, semble-t-il !

— Quoi ? N'est-ce pas une note de réprobation que j'entends dans votre voix ? De la personne même qui m'a fait connaître les premiers frissons que provoque un bon pari ? Franchement, Eddie, jamais je n'aurais imaginé que la fillette effrontée fût devenue si conventionnelle.

— Vous êtes un odieux personnage.

Elle trempa sa plume dans l'encrier et se mit à écrire les termes du pari, datant l'échéance au 1er novembre. Elle signa et tendit le carnet à Anthony sans un mot. Il s'approcha, un peu plus près que nécessaire, et elle inhala son parfum, où l'odeur du linge amidonné et de la lotion capillaire se mêlait à celle du cuir.

Il se redressa après avoir signé à son tour, et lui effleura le bras – délibérément, lui sembla-t-il.

— Durant ce délai, je demeure propriétaire de l'entreprise, lui rappela-t-il. J'espère donc pouvoir regarder les livres de comptes.

Le cœur d'Edwina manqua un battement. Elle avait cru ce danger écarté. Elle devait absolument trouver une raison plausible pour ne pas les lui montrer sans pour autant éveiller ses soupçons.

— J'aimerais vous suggérer d'ajouter une clause à notre pari.

— Laquelle ?

— Pendant ces quatre mois, je veux que vous me laissiez mener les choses à ma guise, que vous n'interveniez en rien dans la marche de l'entreprise. Pas de vérification des comptes, donc, ni aucune autre sorte d'ingérence. C'est d'accord ?

Il lui lança un regard méfiant, et prit son temps pour répondre.

— Dès lors que je peux contrôler le nombre d'abonnés, j'accepte vos conditions.

Edwina s'empressa d'ajouter sa clause sur le carnet, puis tous deux apposèrent leur paraphe.

Tony se tenait devant elle, beaucoup trop près...

— Il semble que vous et moi soyons à jamais destinés à conclure de stupides paris. Mais nous ne sommes plus des enfants, alors, scellons ce marché comme il convient.

Avant qu'elle ait pu faire un geste, il l'attira à lui et l'embrassa sur les lèvres.

3

Tony arrêta son attelage devant le porche du *White*, tendit les rênes au postillon et sauta du cabriolet.

— Rentre à la maison, Jamie. Je prendrai un fiacre.
— Bien, monsieur.

Il admira une fois encore la paire de magnifiques chevaux gris qu'il avait gagnés au comte d'Aubney, et poussa la porte de son club. Il avait sacrément besoin d'un remontant ! Il venait de quitter Victor Croyden avec, en poche, les papiers qui entérinaient son nouveau statut de propriétaire de *La Vitrine des élégantes*.

Sa décision de garder le journal se révélerait peut-être une sottise de plus, mais il n'avait pas eu le choix. Le désir irrépressible de faire payer à Edwina Parrish les tourments qu'elle lui avait infligés autrefois l'avait certes poussé à reconsidérer son plan de départ, mais ce n'était pas là la seule raison. Il voulait revoir et mieux connaître la beauté que sa compagne de jeux était devenue.

Surtout après ce baiser ! Il n'aurait été nullement surpris de recevoir une gifle. Mlle Armitage, en tout cas, ne se serait pas gênée, il l'avait vu dans son regard. Edwina, elle, avait seulement paru amusée. Une lueur moqueuse avait même traversé ses yeux noirs. Sa réputation de séducteur s'en trouvait fortement entachée, mais il n'avait pas dit son dernier mot. Elle avait un sérieux défi à relever, et il avait l'intention de lui en proposer un autre sous peu, d'une nature plus personnelle. Pour cela, il devait la revoir, et le pari était une excellente excuse pour aller frapper de nouveau à sa porte.

Il trouva son ami Ian affalé dans un fauteuil, plongé dans la lecture d'un journal, qu'il replia en le voyant.

—Eh bien, mon vieux, je dois dire que tu as meilleure allure. Tu as réglé cette vilaine affaire, je suppose. Assieds-toi et raconte-moi tout, ajouta-t-il en désignant le fauteuil voisin d'un geste. Tu as dû mettre le bas-bleu en émoi lorsque tu lui as offert de te racheter le magazine, non?

Tony commanda du sherry au serveur qui s'était précipité, et se cala confortablement sur son siège.

—Je ne l'ai pas vendu.

—Comment cela? Je croyais que tu...

—J'ai changé d'avis.

Ian haussa un sourcil.

—Mais je pensais que tu voulais t'en débarrasser, le laisser à la vieille fille...

—Elle peut encore le récupérer. J'ai parié avec elle.

—Que diable me racontes-tu là?

Ian affichait une expression incrédule si cocasse que Tony faillit éclater de rire.

—C'est certainement le diable qui m'a poussé, en effet, mais le fait est que je lui ai lancé un défi : elle a quatre mois pour doubler le nombre d'abonnés. Si elle réussit, le magazine est à elle.

—Cette affaire me paraît fumeuse, Morehouse. Je sais que tu ne rates jamais l'occasion d'un bon pari, mais, franchement, avec une vieille fille? Et si tu gagnes, que feras-tu de ce satané magazine?

—Oh, mais je vais gagner.

—Mais alors, pourquoi...

—Disons que j'ai un vieux compte à régler avec Mlle Edwina Parrish.

Fordyce poussa un profond soupir.

— Tu ferais mieux de me raconter toute l'histoire.

Tony s'y employa, sans omettre la moindre compétition disputée, et perdue, avec la jeune Eddie. Ian s'en étranglait de rire.

— Je comprends mieux maintenant. Et j'imagine ta tête lorsque tu as découvert que la sale gamine était devenue ton employée.

— Ç'a été un choc, je l'avoue.

Toutefois, même s'il lui gardait rancune pour les humiliations subies dans son enfance, Tony espérait être pour Edwina un meilleur employeur que son oncle. Croyden lui déplaisait fortement. Il était clair qu'il n'avait eu aucun scrupule à exploiter les talents de sa nièce pour récolter les profits d'un journal qu'il méprisait, comme il méprisait toutes les femmes. De toute évidence, le magazine n'était pas un simple hobby pour Mlle Parrish. Elle était fière de son travail, et elle avait besoin d'argent. La maison n'avait rien de commun avec la demeure que Tony habitait dans le luxueux quartier de Mayfair. Les meubles étaient certes de belle facture, mais il avait noté que les tapis étaient usés et les tapisseries fanées. Il n'y avait pas de serviteur, puisque Mlle Armitage lui avait ouvert la porte elle-même. Aucun doute : les Parrish appartenaient à une bonne famille, mais ils étaient à la limite de la pauvreté. Tony s'était engagé à ne pas se mêler de la marche du journal, mais il comptait augmenter le salaire d'Edwina sans attendre.

Ian rompit le silence.

— Je ne comprends toujours pas pourquoi tu tiens tant à gagner ce pari.

Tony ne le savait pas vraiment lui-même. Peut-être pour se venger de la rossée administrée par son père lorsqu'il avait perdu la Minerve. Ou bien parce que cette passion du jeu, qui ne l'avait pas quitté depuis vingt ans, était née de ces paris qu'il perdait continuellement dans l'enfance.

— Je serais bien en peine de l'expliquer moi-même. Je sais seulement que je suis déterminé à gagner.

Le serveur apportait deux verres de sherry. Ian en saisit un et le leva.

— À ta victoire !

Il but la liqueur d'une traite, rota bruyamment et s'adossa à son fauteuil avec un sourire satisfait. Il passait la majeure partie de son temps dans l'un ou l'autre de ses clubs, où l'absence de dames lui permettait de boire autant qu'il le souhaitait, d'éructer et de cracher selon ses envies. Tony s'amusait beaucoup de le voir se transformer en un autre homme, galant et charmant, lorsqu'il se trouvait en présence du beau sexe. Un jour prochain, son ami tomberait amoureux fou d'une femme, se comporterait en parfait gentleman jusqu'au mariage, et même un peu après, et puis très vite, sa véritable nature reprendrait le dessus. Tony sourit en imaginant la tête de sa pauvre épouse lorsqu'il roterait après le dîner et s'essuierait la bouche avec la nappe !

Ian glissa la main sous son gilet pour se gratter l'estomac.

— Si elle était ta compagne de jeu, elle doit avoir la trentaine aujourd'hui. Je ne vois pas pourquoi tu passerais plus de temps que nécessaire auprès d'une vieille fille qui louche, certainement.

— Non, Ian, elle ne louche pas.

— Bon, alors elle est grasse, ou décharnée. Ou bossue.

— Non, mon vieux. Rien de tout cela.

Tony revoyait la chevelure et les yeux noirs ; le teint translucide et les lèvres pleines. Il entendait la voix chaude et grave, légèrement rauque. Décidément, rien chez cette femme n'était ordinaire ou banal.

—En réalité, elle est d'une beauté saisissante.

Ian ricana.

—Impossible. Une vieille fille ne peut être belle. C'est... comment appelles-tu cette alliance de mots ? Un oxymore !

—Dans son cas, ce n'est pas un oxymore. Je t'assure, Ian, qu'elle est belle à couper le souffle. La fillette maigrichonne est devenue une vraie beauté.

Son ami émit un petit sifflement. Il savait qu'il n'était pas dans son habitude d'exagérer sur de tels sujets.

—Alors, comment se fait-il qu'elle ne soit pas mariée ?

—Bonne question. Je n'en ai aucune idée.

Ian se pencha vers Tony.

—Cela ne peut signifier qu'une chose, déclara-t-il en baissant la voix. Elle fait peut-être partie de ces femmes qui ne sont pas attirées par les hommes, et qui préfèrent la compagnie des autres femmes, si tu vois ce que je veux dire. À moins qu'elle ne soit l'une de ces femmes modernes qui revendiquent leurs droits et prennent des amants sans se soucier des convenances. À quelle catégorie crois-tu qu'elle appartienne ? ajouta-t-il avec un sourire narquois.

Tony était déconcerté. Il n'avait envisagé aucune de ces deux possibilités. Il espérait que la première était fausse. Quel beau gâchis ce serait ! Cela dit, l'omniprésente Mlle Armitage avait fait cette étrange référence à la chambre d'Edwina. Se pouvait-il qu'elles... ?

Non. Il refusait d'admettre cette éventualité. La seconde, en revanche, était infiniment plus intéressante. Petite fille, déjà, Edwina se moquait des convenances. Et en dépit de leur passé commun, ou peut-être à cause de lui, tous deux avaient ressenti quelque chose en se revoyant. Un courant qui passait, et cela, apparemment, l'avait troublée plus que lui. Voilà pourquoi il avait éprouvé le désir de l'embrasser. Ce à quoi elle n'avait pas objecté… Était-elle l'une de ces femmes délurées qui n'en faisaient qu'à leur tête ?

— Je ne vais pas tarder à savoir ce qu'il en est, crois-moi, répondit-il finalement à son ami toujours hilare.

Edwina barra d'un trait ce qu'elle venait d'écrire et recommença. Quelques instants plus tard, avec un soupir contrarié, elle roula en boule la page et l'envoya rejoindre la douzaine d'autres semblables dans la corbeille à papier. Ce n'était pas bon. Elle ne parvenait pas à se concentrer sur son sujet, en l'occurrence les *Mémoires d'Égypte* dont elle devait rédiger la critique pour le prochain numéro de *La Vitrine*.

Pour l'amour du Ciel ! À vingt-neuf ans, elle était trop vieille pour qu'un simple baiser la trouble à ce point. Elle n'était plus innocente, que diable ! Quantité d'hommes lui avaient fait des avances, et elle les avait toujours repoussées sans problème.

Alors pourquoi celui-ci occupait-il toutes ses pensées ? Certes, il était indubitablement beau, et séduisant. Mais c'était aussi le nouveau propriétaire de son magazine, et il s'apprêtait à lui rendre la vie dure. C'était bien le dernier homme qui aurait dû retenir son attention !

Mais peut-être se rappelait-elle tout simplement le petit garçon blond d'autrefois dont le sourire avait fait fondre son cœur de petite fille. C'était il y avait fort longtemps, lorsque sa tête était encore emplie de rêves et d'idées romantiques inculquées par sa mère. Mais elle avait bien changé. Cela faisait huit ans déjà que tous ses rêves s'étaient effrités, et que son cœur s'était racorni dans sa poitrine.

Quelle folie ! Heureusement qu'il avait promis de demeurer à l'écart durant les quatre mois à venir.

Elle trempait sa plume dans l'encrier d'un geste décidé lorsqu'un grattement à la porte l'interrompit. Lucy, la jeune employée qui venait trois après-midi par semaine, entra.

— M. Morehouse, mademoiselle.

Oh, non !

Lucy fit une vague révérence puis s'effaça devant Tony. Rouge comme une pivoine, elle se détourna avec un soupir et sortit. Encore une qui était tombée sous le charme de ses yeux gris, songea Edwina.

— Que faites-vous ici ? lâcha-t-elle abruptement.

— Je vous souhaite également le bonjour, répondit-il avec un grand sourire. Cela vous ennuie si je m'assois ?

— Oui. Vous aviez promis de ne pas venir ici.

— Je n'ai jamais rien promis de tel.

Il prit une chaise et s'installa devant le bureau sans attendre d'y être invité.

— Je peux vous relire ce qui est inscrit dans mon carnet. Il est noté que je ne dois pas me mêler de votre travail pendant quatre mois, mais rien ne m'interdit de vous rendre visite.

— C'était implicite.

— Pour vous, pas pour moi.

— Peu importe. Que voulez-vous ?

— J'avais envie d'en apprendre un peu plus sur le magazine. Rassurez-vous : pas d'un point de vue commercial, je ne viens pas examiner les comptes.

Elle tressaillit. Se doutait-il de quelque chose ?

— Non. Uniquement d'un point de vue éditorial, continua-t-il. Je voudrais savoir comment vous procédez. Ce que vous décidez d'éditer, qui écrit les articles, qui dessine les planches, ce genre de choses.

— Je n'en vois pas l'intérêt puisque vous n'êtes pas censé vous en mêler et que, en outre, dans quatre mois le magazine ne vous appartiendra plus.

— Enfin, je retrouve l'Eddie dont je me souviens ! Sûre d'elle, consciente de sa valeur. Voilà qui pimente le défi.

— Vous êtes une crapule, monsieur !

— On me l'a déjà dit. Mais parlez-moi donc de *La Vitrine des élégantes*. J'ai lu le dernier numéro, et je ne peux m'empêcher de me demander si certains essais ne sont pas trop sérieux pour le public féminin moyen.

— Je vous demande pardon ?

— Je vous accorde que le feuilleton est bon, et que les biographies sommaires sont intéressantes, mais la poésie est très inégale, et la conseillère du courrier du cœur trop sentimentale, même si je devine que cela reflète le goût des lectrices. En revanche, les critiques théâtrales et littéraires, ainsi que l'histoire et la philosophie, ne me semblent en rien correspondre aux goûts féminins. Vos lectrices doivent trouver cela mortellement ennuyeux.

— Avez-vous délibérément l'intention de me tourmenter ?

Tony feignit l'étonnement.

— Comment cela ?

— Si vous êtes venu ici pour insulter les lectrices de mon magazine, et les femmes en général, je vous prierai de sortir. Je n'ai rien de plus à vous dire.

— Dieu, que vous êtes irritable ce matin !

— Le contenu éditorial de ce magazine est mon affaire, pas la vôtre.

— Vous oubliez que ce magazine est aussi *mon* affaire, Edwina. Au sens propre.

— Je ne risque sûrement pas de l'oublier, rétorqua-t-elle avec un reniflement agacé. Je n'ai donc nul besoin que vous veniez me le rappeler.

— Bien. Alors faites-moi plaisir et expliquez-moi certaines choses. J'ai lu attentivement le dernier numéro du *Lady's Magazine*. C'est votre plus gros concurrent, n'est-ce pas ?

— L'un des plus gros, en effet. Et alors ?

— Pardonnez mon ignorance dans ce domaine, mais il me semble, objectivement, que ce magazine connaît bien son public et qu'il cherche à le satisfaire. En lui présentant les dernières tendances de la mode, par exemple.

Edwina leva les yeux au ciel.

— Nous avons une rubrique de mode dans chaque numéro.

— Certes, mais elle se réduit à quelques lignes. Qui en est l'auteur, à propos ?

— Mlle Armitage.

— Ah. J'aurais dû m'en douter... Mais regardez plutôt ce que propose votre concurrent.

Tony ouvrit son exemplaire du *Lady's Magazine* sur le bureau et désigna un titre du doigt.

— Voilà. Sur cinq pages, les femmes vont admirer ce que les dames portaient pour la cérémonie d'anniversaire du roi. Et une page supplémentaire est consacrée à la dernière mode de Paris. Je tiens de bonne source que les dames adorent cela.

Edwina repoussa le magazine d'un geste dédaigneux

— Ce ne sont que des potins et des frivolités auxquels je refuse de m'abaisser.

— Objectif admirable, certes.

Le ton teinté de sarcasme fit grincer Edwina des dents.

— Vous appelez cela des potins, poursuivit Tony, mais vous ne pensez pas à la femme moyenne, qui sera ravie d'apprendre que la duchesse du Devon portait... attendez... *un jupon de crêpe couleur puce*. Cette femme va se précipiter dans la première boutique pour acheter quelque chose de semblable, afin de se sentir aussi élégante que la duchesse.

Edwina étudia l'homme assis en face d'elle. C'était indubitablement un gentleman qui connaissait la mode, et qui n'aurait jamais confondu le crêpe avec l'organdi. Il suffisait de regarder ses vêtements. Une redingote croisée d'excellente coupe, ornée de boutons de cuivre, à la taille haute selon la mode actuelle, et qui laissait voir juste ce qu'il fallait du gilet. Seigneur ! Il arborait *trois* montres de gousset. Sa simple robe de mousseline devait lui paraître bien démodée.

— Je préfère laisser ce genre d'articles au *Lady's Magazine*, ou à *la Fashion gallery*. Je sais parfaitement que cela plaît aux lectrices, c'est pourquoi j'y consacre une colonne, mais j'ai choisi de garder de la place pour des sujets plus sérieux.

— Comme vos essais et vos critiques littéraires si mortellement ennuyeux ? Ma chère, vous devriez prendre exemple sur vos concurrents. En l'état actuel, supprimez deux ou trois colonnes, et *La Vitrine* pourrait être un magazine pour hommes.

Il était allé trop loin. C'était plus qu'elle n'en pouvait supporter.

— Seriez-vous en train d'insinuer que les femmes sont incapables de s'intéresser aux sujets sérieux ?

Tony leva les mains comme pour se protéger de l'attaque.

— Je n'oserais pas. Je me demande seulement comment vous espérez gagner notre pari sans changer vos méthodes.

Décidément, cet homme avait le don de la mettre en rage.

— Je *gagnerai* notre pari, et sans abaisser le niveau de mon magazine. Notre objectif a toujours été de stimuler l'esprit de nos lectrices et de les inciter à lire des ouvrages intéressants, pas de les pousser à se rendre chez le premier drapier venu pour s'acheter un métrage de crêpe couleur puce. Je suis certaine que beaucoup de femmes apprécient de lire de la bonne prose.

— Quant à moi, je parie que la plupart ne savent pas la reconnaître.

— Vraiment ? Et que pourrions-nous parier cette fois ? Vous avez déjà mis mon avenir en jeu !

Il eut un petit claquement de langue, mais son visage s'illumina.

— De plus en plus hérissée, apparemment ! Si vous voulez parier, j'ai mon petit carnet sur moi, ajouta-t-il en se tapotant la poitrine.

— Tout n'est-il donc qu'un jeu à vos yeux ? Je suis déçue de découvrir que le petit garçon que j'admirais est devenu un vulgaire joueur !

— Mais c'est votre faute, Eddie.

— Je m'appelle Edwina. Et si cela ne vous convient pas vous pouvez m'appeler Mlle Parrish.

— Je crains que pour moi vous ne soyez toujours Eddie.

Il avait prononcé ces paroles d'une voix plus grave et sensuelle.

Elle le regarda fixement et, l'espace d'un instant, s'abandonna aux souvenirs. Soudain, aux yeux gris se superposa un regard bleu captivant, riche de promesses et d'amour...

Elle se ressaisit lorsqu'elle s'aperçut qu'il lui offrait une fois encore son plus beau sourire. Bon sang! Il l'avait de nouveau prise en défaut.

—Et comment pourrais-je être responsable de votre passion pour le jeu?

—N'est-ce pas évident? C'est avec vous que j'ai connu le frisson que provoque un vrai défi! Vous ne cessiez de clamer que vous alliez me battre. Comment aurais-je pu résister? ajouta-t-il en riant.

—Allons donc, cela n'a rien à voir avec un quelconque frisson. Vous ne supportiez tout simplement pas d'être battu par une fille. Ce n'était qu'une question de compétition et d'orgueil masculin!

L'expression de Tony s'adoucit.

—Pas du tout. Il s'agissait juste d'un petit garçon qui voulait impressionner une jolie fille. Et qui échouait lamentablement.

Mon Dieu, était-il obligé de déployer un tel charme?

—Admettons, fit-elle. Mais j'ai vu votre carnet de paris. Vous en vivez, et cela ne peut être ma faute.

—Je le confesse : j'aime les défis. Prendre des risques me procure un vrai plaisir. La montée d'adrénaline, le pouls qui s'accélère, les fourmillements d'anticipation, tout cela est devenu un mode de vie. Mais cela m'a beaucoup rapporté, vous savez. Vous n'avez donc pas à regretter de m'avoir mis sur cette voie.

—Mais vous ne craignez jamais de perdre? D'être ruiné?

Il eut un geste désinvolte de la main.

—Premièrement, je ne joue jamais aussi gros. Et deuxièmement, je gagne toujours!

—Toujours?

—Presque toujours, admit-il en haussant les épaules.

—Vous êtes donc un si bon joueur?

— Non. Je suis juste incroyablement chanceux.

Edwina croisa les bras sur son bureau et se pencha vers lui.

— Pas cette fois. Vous ne gagnerez *pas* votre pari.

— Je gagnerai si vous continuez à préférer les exposés solennels aux sujets légers et divertissants. Vous n'avez aucune chance de doubler vos abonnés avec votre soi-disant bonne prose.

— Que vous êtes agaçant! Vous ne seriez même pas capable de reconnaître de la bonne prose si on vous mettait le nez dedans.

— Oh que si! Et je pourrais même en écrire.

— Cela m'étonnerait.

— Vous pariez?

Edwina soupira.

— Vous ne prenez donc rien au sérieux? Tout n'est-il que prétexte à parier?

— Quelle aventure digne de ce nom ne comporte pas un élément de risque? Je vous propose un pari insignifiant, contre un bon article qui servira votre cause. Je vous laisse le choix du sujet. Si mon écrit est bon, je gagne. C'est aussi simple que cela.

— Et qui va juger de la valeur de votre écrit? Moi?

— Hum. Il vous faudrait laisser de côté vos préjugés. Ce serait beaucoup vous demander.

— Dans ce cas, je suggère Mlle Armitage. Je peux vous assurer qu'elle sera parfaitement objective.

— Et vous ne lui dévoilerez pas le nom de l'auteur de l'article?

Elle laissa échapper un soupir d'exaspération.

— C'est promis

— Alors, vous acceptez?

— Oui. Tenez, fit-elle en lui tendant un volumineux ouvrage. Je voudrais un compte rendu critique de ce livre pour le prochain numéro du magazine. Vous avez trois jours.

Tony ouvrit le livre à la première page, et haussa un sourcil.

— *Ces Mémoires ont été écrits en Égypte, par les hommes de science et de lettres qui accompagnèrent le général Bonaparte lors de sa glorieuse campagne, dans les années 1798 et 1799.* Fichtre ! Vous croyez vraiment que cela va intéresser vos lectrices ?

– Bien sûr. D'une part, parce que l'essai est intéressant, d'autre part, parce que l'Égypte ancienne exerce toujours une certaine fascination sur le public. Vous voyez, monsieur Morehouse, je n'ignore pas totalement les goûts du public.

— Alors, je dois lire ce gros volume ? C'est une lourde tâche.

— Si elle vous semble trop lourde, vous pouvez y renoncer.

— Pas question. Je tiens le pari.

Edwina était plutôt satisfaite. S'il gagnait, elle aurait son compte rendu, et s'il perdait, elle aurait le plaisir de le lui apprendre. Mais lui, qu'attendait-il de ce défi ?

— Que proposez-vous comme enjeu ? s'enquit-elle.

— Hum, que je réfléchisse…

Il prit une pose théâtrale, leva les yeux au plafond et se tapota le menton d'un air absorbé.

— Ah, j'ai trouvé ! Je veux voir la Minerve.

Edwina ne s'attendait pas à cela. Elle le dévisagea avec méfiance.

— C'est tout ? Vous voulez voir la statuette ?

— Je veux la voir à sa place habituelle. Je veux que vous me conduisiez devant elle, là où elle se trouve actuellement.

Le diable d'homme ! Il devait se souvenir que Prudence avait dit que la Minerve était dans sa chambre.

Et alors ? Croyait-il qu'elle l'y emmènerait et se laisserait séduire ?

L'éclat dans son regard semblait confirmer ses soupçons. Eh bien, qu'il pense ce qu'il voulait. Elle aussi avait un plan.

— Entendu. J'accepte. Il nous faut à présent consigner cela dans votre carnet.

Elle tendit la main. Sans la quitter des yeux, il sortit le carnet rouge de sa poche et le lui remit.

— À vous l'honneur.

Edwina s'empara d'une plume et écrivit :

Mlle Parrish met M. Morehouse au défi de lui rendre un compte rendu critique du volume Mémoires d'Égypte *dans un délai de trois jours, afin de le publier. S'il gagne ce pari, il pourra admirer la tête de Minerve là où elle se trouve habituellement.*

Tony lut le texte, n'y trouva rien à redire et signa. Edwina s'efforça de ne pas sourire au moment d'apposer son propre paraphe. Il reprit le carnet et caressa négligemment la reliure de cuir rouge tout en fixant sa bouche. Dieu du Ciel ! Envisageait-il de sceller leur marché par un autre baiser ?

Elle se leva, mais prit soin de laisser le bureau entre eux.

— Vous avez trois jours pour me remettre un compte rendu clair et sérieux digne d'être publié, monsieur Morehouse. Je vous suggère de vous mettre au travail sans attendre.

— Vu la récompense qui m'attend, fit-il en se levant à son tour, ce sera un plaisir et non un travail. Je reviendrai jeudi pour célébrer ma victoire.

— Ne soyez pas si sûr de vous, monsieur Morehouse. Je vous souhaite le bonjour.

Il s'inclina et quitta la pièce. Edwina se mordit la lèvre et attendit qu'il eût refermé la porte pour éclater de rire. Elle ne doutait pas qu'il lui rapporterait une critique en bonne et due forme, mais il n'y aurait pas de victoire à célébrer.

Pas pour lui, en tout cas !

4

Tony s'appuya au dossier de sa chaise et s'autorisa un sourire satisfait. Il venait de relire sa critique et il la trouvait vraiment bonne.

Il n'avait rien écrit de sérieux depuis des années. Depuis qu'il avait été renvoyé de Cambridge, en fait. À l'époque, il pensait devenir quelqu'un. Les études le passionnaient, et il avait l'espoir d'impressionner son père par sa réussite.

Il avait échoué, certes, mais il avait appris à affronter la vie avec une indifférence amusée, prenant du plaisir et des risques à la moindre occasion. Le poids de ses échecs lui pesait encore de temps à autre. Mais pas en ce moment !

En ce moment, il se gonflait de fierté. Il avait réussi un excellent essai. Même l'austère Mlle Armitage devrait le reconnaître, et la ravissante Edwina serait obligée de le conduire à sa chambre. Quel délicieux moment en perspective !

Il avait réfléchi à tout. Edwina s'attendait forcément qu'il essayât de la séduire, mais il n'en ferait rien. Il ne la toucherait même pas. Il parlerait de choses et d'autres, en veillant à insuffler une touche de sensualité dans la conversation. L'intimité de la chambre à coucher l'y aiderait. Il parcourrait la pièce du regard, passerait négligemment la main sur un meuble, la coiffeuse par exemple, saisirait un ou deux objets. Une brosse à cheveux, une plume de chapeau, un flacon de parfum... Puis il fixerait le lit avant de plonger son regard dans les yeux noirs, tout en caressant la tête de Minerve.

Non, il n'était pas présomptueux de sa part de penser que Mlle Parrish serait troublée par son attitude. Il ne doutait pas de son pouvoir de séduction, et il avait lu dans les yeux d'Edwina qu'elle n'y était pas insensible.

Il avait éveillé son intérêt. C'était un bon début. Pénétrer dans sa chambre n'était que la première étape d'un plan soigneusement préparé. Il n'allait pas tarder à en savoir plus sur elle. Était-elle une vraie femme moderne, ou simplement une vieille fille frustrée, malgré son extraordinaire beauté?

Ou encore cette sorte de femme que Ian avait évoquée? Seigneur, pourvu qu'il n'en soit rien! Non, il refusait d'y croire.

Il vérifia que l'encre était bien sèche et empila soigneusement les feuillets. Il n'avouerait pas à Edwina qu'il avait lu le volume depuis quelques semaines déjà. Il ne ratait jamais une publication concernant la civilisation grecque, romaine ou égyptienne. Sir Frederick serait fort étonné de découvrir qu'il avait inculqué l'amour des classiques à son ingrat et rebelle de fils!

Il leva les yeux en entendant des voix. La porte s'ouvrit sur Brinkley, son flegmatique majordome.

— M. Fordyce et Lord Skiffington, monsieur.

Brinkley examina discrètement l'accoutrement de ce dernier, tandis qu'il s'effaçait pour laisser passer les jeunes gens. Puis il leva les yeux au plafond et sortit.

— Salut, mon vieux, lança Fordyce, qui enleva son chapeau et se laissa tomber dans le fauteuil le plus confortable. Tu nous as manqué, hier soir, au *White*.

Lord Jasper Skiffington, que ses amis appelaient Skiffy, semblait hésiter à s'asseoir, craignant pour son costume. Il portait un gilet et un frac extrêmement ajustés, si courts qu'ils s'arrêtaient au-dessus de son estomac, ce qui n'était possible qu'avec un pantalon à taille très haute, qui lui montait jusqu'aux aisselles ! Il n'aurait pas déparé à Paris, auprès des fameux Incroyables.

— Oui, renchérit-il. La partie a été acharnée. Je pensais que tu nous rejoindrais.

— Il avait sans doute un engagement plus intéressant, reprit Ian en remuant les sourcils de façon suggestive.

— Rien de très intéressant. Plutôt une corvée, déclara Tony en poussant négligemment les feuillets sous le sous-main qui recouvrait son secrétaire.

— Hé, qu'est-ce que tu dissimules là ? s'exclama Skiffy en s'emparant des feuillets.

Tony les lui reprit des mains, les posa plus loin, et mit un gros presse-papiers dessus.

— Rien qui puisse t'intéresser, mon ami.

Skiffy grimaça exagérément.

— Ce doit être terriblement personnel pour que tu te montres aussi secret avec tes amis les plus chers. Une missive à une mystérieuse dame ?

— Tu n'y es pas du tout ! C'est un essai sur les *Mémoires d'Égypte*.

Bon sang de bonsoir ! Tony n'avait pas surveillé Fordyce qui brandissait à présent les papiers au-dessus de sa tête en riant à gorge déployée.

Skiffy sortit son lorgnon pour parcourir le texte.

— Je ne savais pas que tu t'intéressais à l'Égypte, Morehouse ! Tu aurais dû m'en parler. Ma mère vient justement d'acheter un amour de siège en forme de crocodile, chez un nouvel ébéniste de King Street qui fait fureur. Si tu veux, je te donnerai son adresse.

— Non, merci, Skiffy. Je ne veux pas me lancer dans le marché des meubles égyptien.

— Tu ne me duperas pas, intervint Ian en prenant les feuilles des mains de son ami. C'est le compte rendu d'un livre. C'est pour ce fichu magazine, non ? Je t'avais prévenu que cette affaire ne t'apporterait que des ennuis. Tu *écris* pour un journal de modes féminin ! Seigneur !

L'œil de Skiffy s'alluma soudain.

— Quoi ? Un magazine de mode ?

— Tu ne te souviens pas ? La semaine dernière, au club. Notre ami a gagné l'une des publications de Croyden : *La Vitrine des élégantes* !

— Ah oui. J'avais oublié. Moi aussi, j'avais un peu trop bu cette nuit-là.

— Et ensuite, il a parié le journal avec la belle éditrice.

Skiffy poussa un cri de joie.

— La belle éditrice ? La vieille fille dont Croyden a parlé ? Morehouse, tu es un fieffé cachottier. Raconte-moi *tout*.

Tony ouvrit la bouche pour répondre, mais Ian le coupa.

— Et ta belle aux yeux noirs mène le jeu, c'est ça ? J'ai du mal à croire que tu en sois à travailler pour elle !

— Calme-toi, Ian. En fait, il s'agit simplement d'un pari supplémentaire avec la dame. Et, cette fois, je vais gagner.

Ian retrouva le sourire, et haussa les sourcils.

— Et que gagneras-tu ?

— C'est privé, et plutôt intime.

— Oh, oh, quelque chose d'intime avec une belle dame ?

Le rire perçant de Skiffy résonna dans la pièce.

— Qu'est-ce que cela peut être ? Une jarretière en soie, un lacet de corset ? Un *baiser* ?

— Allez, mon vieux, montre-nous ton carnet, renchérit Ian. Je suis sûr que tout y figure en détail.

Tony soupira, résigné. Il éprouva une pointe de regret. Il aurait voulu garder pour lui seul tout ce qui concernait Edwina, mais c'était manifestement impossible. Il sortit son carnet de sa poche et Skiffy s'en empara aussitôt.

Ian lut par-dessus son épaule et tous deux levèrent les yeux en même temps, au comble de l'étonnement.

— Serais-tu devenu fou ? s'écria Skiffy. Une tête de Minerve ? Tu as écrit ce pensum juste pour voir une vieillerie romaine ?

— Pas uniquement, répondit Tony. Tu noteras que je suis censé la voir « là où elle se trouve habituellement ».

— Et où est-ce ?

— Dans sa chambre à coucher.

Ian éclata d'un rire sonore, tandis que Skiffy hoquetait si fort qu'il fut obligé de s'asseoir, et ne parut pas entendre le bruit caractéristique d'une couture qui lâchait.

— C'est très bon, déclara Prudence. C'est même excellent. Oui, je pense que nous pouvons le publier.

— Merci, Prudence, soupira Edwina. Je ne te retiens pas. J'imagine que tu es pressée de discuter de son annonce avec Mme Dillard.

Prudence acquiesça d'un signe de tête, lança un regard oblique à Anthony, et sortit de la pièce en laissant ostensiblement la porte ouverte.

Comme Edwina s'y attendait, Tony avait rédigé un compte rendu critique clair et pénétrant. Les comparaisons fines et perspicaces avec d'autres essais qu'il y avait incluses indiquaient une connaissance approfondie du sujet qui l'avait surprise. Mais peut-être n'aurait-elle pas dû s'en étonner.

L'homme qu'il était devenu avait été autrefois un jeune garçon passionné par la culture classique. Elle se souvenait de son enthousiasme lorsqu'il lui avait parlé de la Minerve. Il était si fier qu'elle eût été trouvée sur le domaine paternel ! Il l'avait abreuvée de détails sur les vestiges romains en Grande-Bretagne qui prouvaient qu'il avait étudié la question.

Ainsi, le joueur insouciant qui ne cessait de papillonner avait retrouvé au plus profond de son être une passion enfouie depuis longtemps. Edwina ne put s'empêcher d'en éprouver de la satisfaction à l'idée que c'était grâce à elle.

Assis en face d'elle, Anthony respirait également la satisfaction. Il arborait un large sourire, confortablement installé – un peu trop – dans le fauteuil de Nicolas, les jambes croisées.

— Votre essai sera donc publié dans *La Vitrine*. Je suppose que vous désirez un pseudonyme ?

— Pas du tout. Je suis modeste, vous savez. Je vous permets d'utiliser le vôtre, Arbiter Literaria.

— Ce n'est pas uniquement le mien. Nous sommes nombreux à l'utiliser pour les critiques littéraires.

— Ah, bon ! J'avais cru reconnaître le style élégant et l'éloquence de Mlle Parrish.

— Eh bien, en effet, c'est presque toujours ma prose, avoua-t-elle, bêtement ravie de son compliment.

Quelle idiote elle faisait ! L'homme était à l'évidence un séducteur qui connaissait l'art de la flatterie. Elle avait pourtant suffisamment l'habitude de ce genre d'individus pour ne pas se laisser stupidement piéger.

— Mais c'est d'accord, conclut-elle. Vous pouvez aussi utiliser ce pseudonyme.

— C'est parfait, puisque ce sera mon unique collaboration. Je laisse ce travail à vous autres dames, ajouta-t-il d'un air espiègle.

Bien entendu, il pensait que le journal n'était fait que par des femmes. Cela avait été le cas, au début. Mais depuis longtemps de nombreux hommes apportaient leur concours, dont certains fort connus. Simon Westover se chargeait de la fiction et du courrier du cœur, Nicolas de la chronique historique. Le poète Samuel Coleridge, qui était un ami personnel, apportait sa contribution à la revue, ainsi que certaines personnalités politiques radicales. L'oncle Victor n'était bien sûr pas au courant, et cela valait mieux !

— Il reste cependant une petite question à discuter, reprit-il.

— Vous voulez votre prix.

— Voilà ce que j'aime en vous, Eddie. Vous allez toujours droit au but.

Il se leva et se dirigea vers la porte. Lorsqu'il se rendit compte qu'elle n'avait pas bougé de son bureau, il arqua un sourcil interrogateur.

— Nous étions bien convenus que je verrais la Minerve ?

— Mais oui.

— Alors, allons la voir.

— Nous n'avons pas besoin de quitter la pièce.

Immobile, il la scruta d'un air soupçonneux.

— En général, je déteste contredire une dame, mais je suis certain que notre agrément stipulait que je pourrais admirer la tête de Minerve dans... enfin, là où vous la conservez.

— Je pense que votre mémoire vous joue des tours. Vous devriez vérifier dans votre carnet.

Il lui décocha un regard noir et fouilla dans sa poche.

— Voilà : *S'il gagne ce pari, il pourra admirer la tête de Minerve là où elle se trouve habituellement.*
— C'est bien cela. Et voilà la Minerve.

Elle indiqua du doigt un exemplaire de *La Vitrine* posé sur le bureau. Tony s'approcha, méfiant.

— Où cela ?
— Elle est « là où elle se trouve habituellement », comme toujours depuis que je dirige ce magazine.

Elle lui tendit la revue et désigna l'en-tête, où l'on voyait gravée la reproduction exacte du buste qu'il lui avait cédé vingt ans plus tôt.

Il se frappa le front en marmonnant quelques paroles incompréhensibles.

— Je vous demande pardon ? fit-elle innocemment.
— Bravo. Vous m'avez bien eu, madame !

Il était piqué au vif, mais sous son air renfrogné, Edwina perçut une lueur d'amusement, et même – avait-elle rêvé ? – d'admiration.

— Non. Je me suis simplement montrée plus maligne. Une fois encore.

Il eut ce sourire en coin qui lui rappela le compagnon de jeux de son enfance.

— Je m'incline. Mais la prochaine fois, croyez-moi, je gagnerai cette Minerve, et le magazine avec.
— Nous verrons bien.
— En effet. À propos, où en êtes-vous avec les souscriptions ?

Edwina se contenta d'un grognement pour toute réponse.

Anthony ne pouvait rester loin d'elle. Non qu'il fît beaucoup d'efforts ! Il allait simplement là où ses pas le guidaient, sans réfléchir. Ce jour-là comme les autres, il ralentit l'allure en atteignant Golden Square.

Cet empressement était ridicule, pour un homme de son âge et de son expérience. Il n'avait même pas essayé de l'embrasser à nouveau. Chaque jour, il s'asseyait dans un fauteuil en face de son bureau et se contentait de la regarder.

Il adorait la regarder travailler. Elle n'interrompait jamais ce qu'elle était en train de faire pour le recevoir. Sa présence lui pesait sans doute, mais il ne s'en souciait pas. Il ne la surveillait pas. Il l'observait, admiratif, tandis qu'elle négociait avec l'imprimeur, les graveurs et les relieurs. Elle était extrêmement efficace et organisée, et il se demandait ce qu'il deviendrait si elle démissionnait après qu'il aurait gagné son pari.

En attendant, tout ce qu'il souhaitait, c'était la contempler. Il ne se lassait pas du spectacle de sa beauté, de sa façon si gracieuse de se mouvoir, des inflexions chaudes et graves de sa voix...

Bon sang, il était aussi entiché qu'un gamin ! Le gamin qu'il était vingt ans plus tôt, avec la même fille.

Mais cette fois, ce serait différent. Il n'était plus le jeune garçon gauche et mal dégrossi. Au contraire. Jouer demandait une bonne dose d'assurance, et il en avait à revendre. Il avait appris à afficher un air sûr de soi qui lui avait permis de gagner beaucoup d'argent, au whist comme en Bourse. Il en allait de même pour la séduction. Cette fois, il battrait Edwina Parrish, quelle que soit la nature du jeu.

Il tendit les rênes à Jamie, puis grimpa les marches du perron. Il aimait de plus en plus la maison et sa façade de brique toute simple, qui se différenciait des constructions voisines par son porche de style palladien et son fronton délicatement ouvragé. Elle possédait la même élégance discrète que la femme qui y habitait.

Lucy lui ouvrit la porte, rougit, battit des cils et lui assura que Mlle Parrish serait ravie de le recevoir. Edwina se tenait à sa place habituelle, penchée sur des épreuves. Elle leva à peine les yeux à son entrée.

— Encore vous! Je suis très occupée, comme vous voyez. Partez!

Ignorant son ton irrité, Tony jeta son chapeau sur une table, débarrassa le fauteuil des papiers qui l'encombraient et s'y assit.

— Ma chère Edwina, la chaleur de votre accueil ne cessera jamais d'illuminer mes journées.

— Ce sont des épreuves, annonça-t-elle sèchement en désignant les feuillets qu'il avait ôtés du siège. Si je les retrouve en désordre, je vous étripe.

Tony ramassa les pages et les posa sur le bureau.

— Tout est en ordre. La violence ne sera pas nécessaire.

— Pfff! Voulez-vous quelque chose de précis? Je suis vraiment très occupée.

— Rien de particulier. J'aime observer et, comme vous le savez, je veux en apprendre plus sur *mon* entreprise. Que faites-vous, si je puis me permettre?

— Je corrige des épreuves pour le prochain tirage, figurez-vous. Et rien ne va.

— Ah! Voilà qui explique que vous n'affichiez pas votre gaieté habituelle. Quel est le problème?

— Imber a interverti des colonnes, soupira-t-elle, et une gravure a été placée à l'envers. Il est d'ordinaire si compétent. Nous avons ajouté une gravure et des annonces au dernier moment, et cela l'a semble-t-il déconcerté. C'est à devenir fou!

Tony se demanda comment elle pouvait voir que des colonnes avaient été interverties dans cet amas de feuilles disposées en tous sens. Mais il lui faisait confiance, elle connaissait son métier.

— Si je peux vous être utile…

— Vous pourriez partir. Voilà qui m'aiderait. L'apprenti imprimeur va arriver dans quelques minutes et je dois terminer ces corrections.

— Dans ce cas, je vais attendre tranquillement que vous ayez fini. Ensuite, nous pourrions bavarder. Pourquoi pas devant une tasse de thé ?

— J'ai d'autres choses à faire ensuite.

— Je parie que vous pourriez prendre une demi-heure de pause sans que cela affecte votre travail.

— Seigneur ! Encore un pari.

Tony éclata de rire.

— Non, ma chère. C'était juste une façon de parler. Alors, qu'en dites-vous ? J'attends ici, muet comme une carpe, et ensuite nous prenons le thé. D'accord ?

Elle lui lança un regard furieux, puis céda :

— D'accord.

Tony entreprit de retirer ses gants. Edwina s'était remise au travail et feignait de l'ignorer, mais il remarqua qu'elle le regardait à la dérobée. Il sourit intérieurement. Elle n'était pas insensible à son charme. Il déposa ses gants dans son chapeau tout en réfléchissant à une tactique pour augmenter son trouble, sans bouger ni prononcer une parole.

Comme d'habitude, elle portait une robe de mousseline blanche toute simple, dont les manches agrémentées de broderies ton sur ton s'arrêtaient au-dessus du coude. Un châle croisé devant et noué dans le dos lui couvrait complètement la poitrine, qu'il devinait superbe. Sa grâce naturelle faisait oublier que sa tenue était quelque peu élimée. Dieu qu'il aurait aimé la voir dans une robe de bal au décolleté profond, sans dentelle ni fichu pour dissimuler sa gorge !

Il était heureux qu'elle n'eût pas succombé à la mode des cheveux courts. Hormis quelques boucles qui encadraient son visage, sa chevelure était rassemblée en une sorte de natte compliquée retenue par des peignes. Deux longues anglaises s'en échappaient, qu'elle avait l'habitude de tortiller entre ses doigts lorsqu'elle était absorbée dans sa tâche.

Il se vit soudain en train d'enlever ses peignes, imagina la masse soyeuse de sa chevelure se déployant sur ses épaules. Combien de temps lui faudrait-il patienter avant que cela n'arrive ?

L'entrée de Lucy le tira de son agréable rêverie.

— Robbie Vickers est là, mademoiselle.

Un adolescent dégingandé fit son entrée, un grand sac dans une main et sa casquette dans l'autre. Il fixa sur Edwina un regard de pure adoration, et Tony ne put s'empêcher de le plaindre.

— Je suis venu prendre les épreuves, mademoiselle Parrish.

Edwina empila les grandes feuilles éparpillées sur le bureau, et déclara sans détour :

— Cela ne va pas du tout, Robbie. Dis à Imber que tout est à refaire.

— M... ais, mademoiselle Parrish, nous... nous n'aurons pas le temps...

Il triturait sa casquette et faisait pitié.

— Vous trouverez un moyen. *La Vitrine* ne paraîtra pas ainsi !

Elle lui fit signe d'approcher et entreprit de lui signaler les différentes erreurs d'un ton si exaspéré que le pauvre garçon en demeura sans voix. Finalement, il prit le paquet et le glissa dans son sac.

— Je vais montrer cela à M. Imber, et voir s'il peut faire quelque chose.

— Il a intérêt. Je lui *interdis* de lancer l'impression avant de m'avoir soumis de nouvelles épreuves. C'est bien clair ?

— Oui, mademoiselle. Merci.

Il tourna les talons et sortit en courant.

Edwina s'adossa à son fauteuil en grommelant.

— Je constate que vous n'avez pas changé, remarqua Tony. Toujours aussi obstinée et autoritaire.

Elle leva les yeux et le gratifia d'une petite moue méprisante.

Le moment lui parut bien choisi pour avancer ses pions et en apprendre un peu plus sur Edwina Parrish.

— Oui. Exactement comme autrefois. Pas étonnant que vous n'ayez pas trouvé de mari. Quel homme pourrait supporter un tel tempérament !

Elle se hérissa visiblement. Une ombre traversa brièvement son regard.

— Rien ne m'oblige à tolérer vos insultes, répliqua-t-elle. Sortez d'ici !

Apparemment, il avait touché une corde sensible. Un méchant petit diable intérieur le poussa à insister.

— Mais vous m'aviez promis un thé ! Ce serait là l'occasion de m'instruire sur ce qui vous est arrivé au cours de ces dix-neuf dernières années. Vous me raconterez avec quel zèle vous avez chassé tous vos prétendants.

— Vous êtes odieux ! Je n'ai jamais rien fait de tel !

— Alors pourquoi n'êtes-vous toujours pas mariée ?

— Cela ne vous regarde pas, monsieur Morehouse.

Oui, c'était bien un point sensible qu'il avait touché. S'agissait-il d'un amour déçu ? De fiançailles rompues ? Elle s'agitait sur son siège, évitait son regard, et pour la première fois, elle lui apparut vulnérable.

— Vous avez probablement raison. Et je m'appelle Anthony, vous savez. Tony, si vous préférez. Après tout, nous sommes de vieux amis. Et vous ne pouvez me blâmer d'être intrigué : il n'est pas possible qu'un homme digne de ce nom n'ait pas été attiré par votre extraordinaire beauté !

— La flatterie est inutile, monsieur. J'ai déjà tout entendu.

— Je n'en doute pas. Une beauté telle que la vôtre ne passe pas inaperçue. Ce n'est pas une raison pour vous méfier de tous les hommes.

— Vous dites des sottises ! Excusez-moi, je dois appeler Lucy pour le thé.

Elle quitta son fauteuil et se dirigea vers la porte. Tony s'était levé en même temps qu'elle. Il eut le loisir d'admirer le reste de sa toilette, si simple et si seyante : les petites mules attachées par des rubans, les pans du châle qui flottaient au creux de ses reins... Elle appela la servante, qui apparut presque aussitôt.

— Lucy, voudriez-vous nous apporter du thé et des biscuits, s'il vous plaît ?

— En haut, dans le salon ?

— Non, ici. Je vais débarrasser l'une des tables.

La fille fit une grimace de désapprobation, mais s'inclina et partit s'acquitter de sa tâche. Edwina la rappela :

— Lucy ? Pas le Bohea. Le thé vert ordinaire.

— Je suis confondu par une telle hospitalité, ironisa Tony.

— Vous m'en voyez désolée, mais mes bonnes manières, comme mon meilleur thé, ne sont réservées qu'à mes *invités*, lesquels en général n'insultent pas leur hôtesse.

— Dans ce cas, je vous suis doublement reconnaissant de m'avoir permis de rester. Du thé vert dans votre bureau me convient parfaitement. Pouvons-nous prendre cette table ?

Il s'empressa d'enlever son chapeau et ses gants, et l'interrogea du regard afin qu'elle lui indique où poser la pile de papiers et de livres qui encombrait le meuble.

— Ce sera parfait. Laissez cela, je m'en occupe.

Il l'aida à transporter une brassée de livres sur une grande table.

— Je vous assure que je ne voulais pas vous insulter. Je m'interrogeais simplement...

— Je présume que vous êtes célibataire vous aussi.

— En effet.

Il approcha une chaise de la table.

— Et personne ne vous en demande la raison, j'imagine.

— Détrompez-vous. Ma mère ne cesse de s'en inquiéter. Elle voudrait me voir installé et entouré d'enfants. La vôtre aussi, sans doute ?

— Ma mère est morte lorsque j'avais quinze ans.

Sa réponse brutale le prit par surprise. Il s'enhardit à lui toucher doucement l'épaule.

— Je suis désolée, Edwina. Je ne le savais pas.

— C'était il y a longtemps, fit-elle en haussant les épaules, délogeant ainsi sa main.

Elle prit place à table, et Tony l'imita.

— Et votre père ?

— Il ne s'est même pas rendu compte que j'étais toujours célibataire ! Il ne remarque rien, à vrai dire. Sans sa gouvernante, il oublierait de manger.

— Et vous vivez ici avec votre frère.

— Oui, et j'en suis très heureuse. Sachez, monsieur Morehouse, que je ne suis pas mariée par choix.

— Vraiment ?

— Oui. Bien que je sois parfaitement consciente que mes manières puissent rebuter beaucoup d'hommes, ce ne sont pas les occasions qui m'ont manqué.

Ses yeux pétillaient. Se moquait-elle d'elle-même ou de lui ?

— Tout ce que je possède, je l'ai gagné en travaillant dur, et je n'ai nulle envie qu'un mari dilapide tout cela, ou le *joue*. Pas plus que je ne souhaite dépendre toute ma vie d'un homme et de ses caprices. J'ai des choses plus importantes à faire.

— Éditer un magazine féminin, par exemple ?

— Ce n'est qu'un moyen. Les bénéfices nous permettent de faire bien plus.

Les bénéfices ? De quoi parlait-elle ? Son oncle les empochait tous et ne lui versait qu'un maigre salaire.

— Enfin, je veux dire que si nous récoltions les bénéfices, nous pourrions faire tellement de choses, débita-t-elle d'une traite, soudain nerveuse. Des gens meurent de faim à cause de la pénurie et des taxes de guerre. Des milliers de paysans ont dû quitter leurs terres pour travailler dans les usines. Les ouvriers ne peuvent obtenir un salaire décent à cause de cette satanée loi sur les associations ! Le gouvernement n'a pensé qu'à la guerre, sans se soucier des souffrances du peuple. C'est inadmissible !

Seigneur ! Un pilier de bonnes œuvres ! Il aurait dû s'en douter.

— Et vous avez l'espoir de mettre fin à cela ?

— Nous faisons notre possible.

— Nous ?

— Mon frère et moi. Nicolas a de plus grands objectifs, bien sûr, et j'espère qu'il les atteindra un jour. Pour l'instant, nous n'avons pas assez d'argent pour faire tout ce que nous voudrions. Nous envoyons des vêtements et des couvertures aux familles du Nord. Nous aidons les paysans à trouver du travail près de notre maison familiale, dans le Derbyshire, et, surtout, nous soutenons certains politiciens.

Pire encore ! Il avait affaire à une réformatrice.

— Vous me surprenez, Edwina. Je crois percevoir une trace des idéaux républicains dans vos propos. Mais peut-être ai-je mal compris.

— Vous avez parfaitement compris. Nous avions mis de grands espoirs dans la Révolution française. Nous avons été déçus, mais les idéaux et les ambitions qui l'ont nourrie demeurent, et je continue à y croire.

Dieu du Ciel! Cette femme n'était rien de moins qu'une jacobine!

5

Tony était abasourdi par l'aveu d'Edwina. Lucy entra avec un plateau, et il l'aida machinalement, tout en réfléchissant. Jamais il n'aurait imaginé que la belle Mlle Parrish pût être une penseuse radicale. Il tenta de faire coïncider le personnage de l'éditrice passionnée d'un magazine, somme toute assez frivole, avec celui, tout aussi passionné, de la réformatrice républicaine.

Non qu'il désapprouvât. Lui-même n'était pas précisément conservateur. À dire vrai, il n'avait guère d'opinions en matière de politique. Il ne s'était pas totalement désintéressé des récents bouleversements qui avaient secoué la France. D'abord la Révolution, et maintenant ce Bonaparte qui menaçait les frontières sur le continent, mais il n'en avait pas été affecté personnellement.

Son père, en revanche, était un farouche défenseur des valeurs conservatrices, et l'affichait ostensiblement, du sommet de sa perruque poudrée à la boucle de ses bottines. À cheval sur les conventions, il détestait les Français par principe. Rigoureusement anti-jacobin, comme beaucoup d'hommes de sa génération, parce qu'il craignait que les idées révolutionnaires ne fissent leur chemin de l'autre côté de la Manche, il était un fidèle supporter du roi. Aucune différence d'opinion n'aurait été admise dans sa maison, et Tony ne s'était jamais risqué à discuter avec lui, sachant qu'il faisait déjà son désespoir.

Edwina versa le thé et lui tendit une tasse.

— Cela vous ennuie que je sois allée soutenir les révolutionnaires français ?

Il but une gorgée de thé et posa sa tasse sans la quitter des yeux.

— M'ennuyer ? Non, pourquoi ? Cela me surprend, c'est tout.

— Eh bien, je peux vous assurer que mes rêves furent… disons simplement qu'ils furent anéantis par la Terreur.

Une ombre passa de nouveau dans son regard.

— Et pourtant vous avez conservé vos idéaux républicains ? Vous embrassez toujours la cause réformatrice ?

— Mes idéaux ont été ébranlés, mais, oui, je suis favorable à des réformes fermes et raisonnables. Elles sont inévitables. On a trop négligé le peuple pour ne s'occuper que de la guerre, ces dernières années.

— Vous parlez comme un politicien.

Puis, par pur esprit de contradiction, il ne put s'empêcher de persifler.

— Vous auriez dû être un homme, Edwina.

— Je vous demande pardon ?

— Mais je me réjouis – ô combien – que vous n'en soyez pas un, ajouta-t-il de sa voix la plus enjôleuse, en l'enveloppant d'un regard admiratif.

Elle leva les yeux au ciel et secoua la tête d'un air méprisant.

— Si mes idées vous surprennent, monsieur, les vôtres ne sont, hélas, que trop prévisibles.

— Ah oui ? Comment cela ?

— Vous êtes totalement incapable d'avoir une conversation sérieuse avec une femme sans qu'elle dégénère en entreprise de séduction. Vous n'avez aucun respect pour l'intelligence féminine. Et je doute que vous puissiez seulement commencer à comprendre la nécessité d'entreprendre des réformes pour aider les moins favorisés d'entre nous. En bref, vous ne pensez qu'à votre propre plaisir.

Tony tressaillit, reconnaissant qu'elle était douloureusement proche de la vérité. Cela dit, il n'était pas non plus le pur hédoniste qu'elle décrivait. Mais plutôt que de se défendre, il céda une fois de plus au besoin pressant de la tourmenter.

— Vous avez raison, soupira-t-il en affichant un air de pur ennui. Mais je n'ai jamais vu de raisons de me soucier de problèmes philosophiques quand il y a tant de nouveaux plaisirs à découvrir.

— Il n'y a vraiment que cela qui vous intéresse ?

— Rien ne m'intéresse davantage que des bons repas et des bons vins, des amis fidèles, des femmes agréables et un peu de sport.

— Et le jeu, je présume, est votre sport favori ?

— On en revient toujours au risque. Tout ce qui comporte un élément de risque est une sorte de jeu, que ce soit une carte retournée, un coup de dés, une course avec une jolie petite fille, ou un duel avec le mari d'une dame.

— Un duel ? Ne me dites pas que vous vous êtes déjà battu en duel !

— Une ou deux fois.

Elle eut une moue de dégoût.

— C'est horrible. Et tellement stupide !

— Mais c'est l'ultime pari que de parier sa propre vie. Le frisson suprême !

Cette fois les yeux d'Edwina lançaient des éclairs.

— Vous devriez avoir honte de proférer de telles insanités. Comment osez-vous mettre votre vie en jeu pour des causes aussi frivoles, pendant que d'autres risquent leur vie pour la liberté !

— Vous ne pouvez pas comprendre... C'est une affaire d'hommes, ajouta-t-il avec un geste dédaigneux.

Edwina s'appuya à la table et se pencha vers lui.

— Dites-vous cela simplement pour me provoquer ? Cela fait presque dix ans que *La Défense des droits des femmes* a été publiée, et nous en sommes toujours à livrer les mêmes batailles contre des esprits bornés comme le vôtre !

— Oh, par pitié !

Tony leva les yeux au ciel.

— Les femmes de votre espèce ne cessent de brandir le grand œuvre de Mme Wollstonecraft comme s'il s'agissait des Saintes Écritures.

— Vous n'en parleriez pas avec autant de suffisance si vous aviez pris la peine de le lire !

Tony ouvrit la bouche pour lui répondre, puis se ravisa. Un nouveau pari venait de germer dans son esprit.

— Je sais tout de ce qu'il faut savoir de ce livre ennuyeux, rétorqua-t-il.

— Ah, vraiment ?

— Oui, je vous assure.

— Pardonnez-moi, mais je ne considère pas les critiques infamantes que vous avez pu lire dans une quelconque revue anti-jacobine comme des sources valables.

— Je vous parie que j'en connais autant que vous sur ce livre.

— Cela m'étonnerait.

— Alors, vous prenez le pari ?

— Parce que, cette fois, ce n'était pas une figure de rhétorique ?

— Non. C'était un vrai pari. Posez-moi des questions sur *La Défense*, et si mes réponses sont satisfaisantes, vous viendrez vous promener avec moi au parc demain.

Edwina l'étudia d'un regard sceptique. Il lisait en elle comme dans un livre ouvert. Connaissait-il vraiment l'ouvrage de Mme Wollstonecraft ? Et si oui, quel mal y avait-il à accepter une innocente promenade au parc ? Il aurait juré qu'elle se posait cette dernière question lorsqu'elle lui lança un coup d'œil par-dessus le bord de sa tasse. Elle savait qu'il n'était pas totalement inculte. Devinait-elle qu'il avait vraiment lu le fameux livre ? Elle était sur le point d'accepter, il l'aurait *parié* !

— Sortez votre carnet rouge, monsieur Morehouse.

Nicolas grommela un bonjour en passant devant la porte de la chambre de sa sœur puis s'arrêta, fit un pas en arrière et se planta sur le seuil.

— Eh bien, regardez-moi cela ! lança-t-il, admiratif.

Edwina réajustait son chapeau de paille devant le miroir d'un air dubitatif.

— Qu'en penses-tu ? Est-ce que cela ira ?

— Cela ira ? Où exactement ? Tu peux aller n'importe où dans cette tenue, répondit-il d'un air malicieux. Tu es très jolie, Edwina.

Elle devait reconnaître qu'elle était assez d'accord. Elle portait une robe de mousseline blanche, avec une collerette de dentelle à la Van Dyck et de longues manches ornées de la même dentelle aux poignets. Une courte veste rouge coquelicot complétait sa tenue. Elle datait certes de plusieurs saisons, mais elle l'adorait. Si le blanc lui seyait, ce n'était pas le cas des tons pastel ou sourds, et en matière de couleurs, ses préférences la portaient vers la hardiesse et l'audace.

Son expérience dans le domaine de l'habillement s'arrêtait là. Elle n'y connaissait pas grand-chose en matière de tissu ou de coupe, et elle était complètement dépassée quant aux drapés et fermetures qu'exigeait la mode actuelle. Si elle ressemblait beaucoup à sa mère, elle n'avait pas hérité de son don pour marier les différentes pièces de vêtement avec talent et originalité.

Et elle ne pouvait s'empêcher de craindre le regard de ce parangon de l'élégance qu'était Anthony Morehouse sur sa tenue simple et démodée.

— Où vas-tu dans ces beaux atours ? s'enquit Nicolas.

— Je sors.

— Je m'en doute, mais où ? Ou plutôt devrais-je demander « avec qui ? ».

— Je vais faire une promenade au parc.

— Dieu ! À l'heure de grande fréquentation, en plus. Je ne me souviens pas de la dernière fois où cela t'est arrivé. Dans la voiture de qui, si je puis me permettre ? En tant que frère, j'ai le droit de savoir, non ?

— Anthony Morehouse.

— Tu plaisantes ? s'exclama-t-il en entrant dans la chambre. Tu as une liaison avec cet homme, Edwina ?

— Bien sûr que non ! Ne sois pas ridicule.

— Cela pourrait être dangereux, tu sais. Nous sommes dans une position précaire, à présent qu'il détient *La Vitrine*. Ce n'est pas le moment de baisser la garde.

— J'en suis tout à fait consciente, Nickie. Du reste, tu sais à quel point le magazine est important pour moi. Je ne ferai jamais rien qui le mette en danger.

— Pardonne-moi, Edwina. J'ai confiance en toi. C'est seulement que tu n'avais pas montré d'intérêt pour un homme depuis... depuis si longtemps. C'est un jeu auquel tu n'as plus l'habitude de jouer, tandis que Morehouse en connaît toutes les ficelles. Ne laisse pas ce charmeur se moquer de toi.

— Ma parole, Nickie, tu me crois donc dépourvue de tout bon sens ? J'ai perdu un pari avec lui, et je lui dois une promenade au parc, rien de plus.

Son frère secoua la tête et éclata de rire.

—Encore un pari ? Comme lorsque vous étiez enfants. Je ne sais pas qui joue quoi contre qui dans cette affaire, et je ne m'en mêlerai pas. Dis-moi simplement sur quoi vous aviez parié.

— Tu ne vas pas me croire, mais il a été capable de citer Mary Wollstonecraft comme s'il avait appris *La Défense* par cœur ! J'ai été complètement bluffée.

En réalité, elle se doutait qu'il avait lu le livre, mais elle n'imaginait certes pas qu'il en eût compris le véritable message. Elle l'avait mis au défi de résumer le propos de l'auteur en une phrase, et il avait répondu sans hésiter : « Elle pense que la plupart des femmes se montrent stupides en acceptant que l'objectif premier de leur vie soit de plaire à un homme. »

Edwina n'avait encore jamais entendu qui que ce soit aller au cœur du sujet en termes aussi directs. La plupart des détracteurs masculins de Wollstonecraft, qui n'avaient jamais lu son essai, déclaraient, indignés, que l'auteur se répandait en invectives sur les hommes qui rendaient les femmes si malheureuses. Mais ce qui l'exaspérait plus encore, c'étaient ces femmes qui exploitaient la notion de sexe faible. Anthony avait parfaitement compris ce problème !

Oui, elle avait su d'emblée qu'il gagnerait ce pari, mais elle avait accepté parce que... parce qu'il était très attirant, et qu'elle ne voyait pas de raisons de se priver d'un petit flirt. Cela faisait si longtemps...

Edwina n'était pas indifférente à l'admiration qu'elle suscitait parmi la gent masculine, mais elle avait choisi de l'ignorer. Si certains se montraient trop grossiers, elle les rabrouait, mais n'en était jamais affectée. Plus depuis la France. Cependant, de temps à autre – rarement –, une petite étincelle s'allumait en elle, et elle ressentait le besoin de partager quelque chose de plus intime qu'une simple relation de camaraderie.

La petite étincelle avait de nouveau jailli en elle le jour où Anthony Morehouse avait pénétré dans son bureau pour la première fois. Et ce, en dépit du fait qu'il n'était pas devenu l'homme qu'elle escomptait. Qu'il avait laissé la belle âme pure du petit garçon qu'il était se corrompre. Qu'il avait fait son chemin dans la vie au gré du hasard, en utilisant son charme. Mais malgré tout cela, elle avait découvert qu'il avait conservé une certaine bonté au plus profond de son cœur, et qu'il l'attirait autant qu'autrefois.

— Fais attention, petite sœur, l'avertit Nicolas. Morehouse est autrement plus malin que nous ne le pensions. Ah, j'entends sonner à la porte. Cesse de te tourmenter avec ce chapeau, tu es ravissante. N'importe quel homme serait fier de t'emmener au parc. Je te le redis toutefois : ne baisse pas ta garde !

— Eh bien, ma chère, je peux dire que j'ai du succès aujourd'hui, grâce à vous ! déclara Tony tandis qu'il manœuvrait son phaéton dans les allées bondées de Hyde Park. Encore que je me doute bien que ces regards admiratifs ne me sont pas destinés, précisa-t-il.

— Peut-être sont-ils pour vos chevaux, hasarda Edwina. Je ne crois pas en avoir jamais vu d'aussi beaux.

— Ils sont magnifiques, n'est-ce pas ? Je les ai gagnés à d'Aubney il y a trois semaines.

— J'aurais dû deviner qu'il y avait un pari là-dessous.

— Mais ce ne sont pas eux que tout le monde regarde. Vous êtes superbe dans cette veste rouge. Une allure de reine.

Elle lui décocha un coup d'œil sceptique. Ignorait-elle vraiment à quel point elle était belle ?

— Je me sens en effet comme une reine, ainsi perchée au-dessus de la foule. Qu'est-ce qui vous pousse donc à conduire un véhicule aussi dangereux ? Mais que je suis sotte ! Le goût du risque, bien sûr.

— C'est une des raisons, mais aujourd'hui j'en avais une autre. La caisse est si haute que j'ai eu le plaisir de vous hisser sur le siège. Et je dois avouer que je brûle d'impatience de vous aider à en descendre.

Tandis qu'il la saisissait par la taille, il avait eu un aperçu de ses longues jambes. Et la vision furtive d'une ravissante cheville lui avait aussitôt donné l'idée d'un plan.

— Vous ne vous promenez pas souvent dans le parc à cette heure, n'est-ce pas ? reprit-il.

— Non, en effet. Comment l'avez-vous deviné ?

— Parce que je décèle une évidente curiosité derrière les regards admiratifs qui se posent sur vous. Attention, préparez-vous à l'attaque !

Sir Crispin Hollis s'approcha, bientôt suivi par les nombreuses relations de Tony. Tous semblaient impatients d'être présentés à la beauté brune qui l'accompagnait. Mais Tony comprit très vite qu'il avait commis une erreur. Visiblement, ses amis prenaient Edwina pour sa maîtresse, simplement parce qu'elle n'était plus une toute jeune fille.

Et ils n'étaient apparemment pas les seuls à s'être mépris ; aucune dame respectable ne s'était arrêtée.

Tony, qui avait dans l'idée de rendre ses amis jaloux, n'avait absolument pas prévu que les choses puissent tourner au désavantage d'Edwina. Cette dernière semblait cependant parfaitement à l'aise tandis qu'elle conversait aimablement avec les gentlemen rassemblés autour de la voiture.

Tony était de plus en plus confus, lorsqu'il vit soudain un élégant tilbury où se trouvait sa jeune sœur Sylvia, accompagnée de son amie Lady Walbourne. Elle répondit à son salut d'un bref signe de tête et détourna le regard.

— Excusez-moi, messieurs, lança-t-il à la cantonade, mais j'aperçois ma sœur, et je voudrais lui présenter Mlle Parrish.

Sans attendre, il manœuvra pour se frayer un passage dans la foule. Le chaud sourire dont Edwina le gratifia alors lui fit un tel effet qu'il faillit percuter un autre véhicule.

— Merci, murmura-t-elle. Je commençais à me sentir un peu confuse.

— Je vous présente mes excuses. Je n'avais pas prévu...

— ... qu'ils me croiraient votre maîtresse ? acheva-t-elle à sa place.

Ainsi, elle avait compris.

— Je suis désolé, Edwina. Je ne m'attendais pas à cela. Ce qui est stupide de ma part. Mais il faut dire que si vous n'étiez pas aussi belle, ils ne vous auraient pas importunée.

— Et si j'avais eu dix ans de moins non plus. Ne vous inquiétez pas, je suis habituée à ce que les hommes me prennent pour ce que je ne suis pas.

Au temps pour lui ! Il avait parfaitement saisi le sous-entendu.

— Je vais réparer ce malentendu en vous présentant à ma très respectable sœur, qui en ce moment même fait son possible pour nous éviter.

Quelques secondes plus tard, il arrêtait son attelage près du tilbury.

— Bonjour, Sylvia. Je ne savais pas que tu étais en ville. Quelle joie de te rencontrer, et vous aussi, Lady Walbourne.

Sa sœur affichait une expression renfrognée et le mécontentement se lisait dans ses beaux yeux bleus.

— Anthony.

— Permets-moi de te présenter Mlle Edwina Parrish. Mademoiselle Parrish, voici ma sœur, Lady Netherton, et Lady Walbourne.

— Je suis honorée de faire votre connaissance, mesdames, dit Edwina.

Sylvia lui adressa un mince sourire en même temps qu'un signe de tête, puis questionna son frère du regard.

— Tu es trop jeune pour t'en souvenir, expliqua-t-il, mais nous avons connu Mlle Parrish quand nous étions enfants. Elle passait tous les étés chez son grand-père, à Rosedale.

Le regard de Sylvia s'illumina d'un coup.

— Rosedale ? Mais c'était le domaine voisin de Handsley ! C'est là où nous avons grandi, ajouta-t-elle à l'intention de Lady Walbourne.

Elle se tourna ensuite vers Edwina.

— Excusez-moi si je ne me souviens pas de vous, mais je suis contente de rencontrer quelqu'un qui a connu notre maison familiale.

— Ne vous excusez pas, fit Edwina. J'ai bien connu votre frère à cette époque, mais vous étiez trop petite pour partager nos jeux.

Le sourire de Sylvia s'élargit, au grand soulagement de Tony.

— Passez-vous tout l'été en ville, mademoiselle Parrish ?

— Des affaires me retiennent ici, mais j'essaie d'aller dans notre maison familiale au Peak le plus souvent possible. Je préfère de loin la campagne à la ville.

Tony l'ignorait. Et son pari la retenait à Londres tout l'été. Décidément, il faisait tout pour lui déplaire !

— Hélas, je ne suis là que pour très peu de temps. Je suis juste venue faire un saut chez ma couturière. Mais j'espère que vous me ferez l'honneur d'une visite lorsque nous reviendrons au printemps, mademoiselle Parrish.

— J'en serai très honorée, Lady Netherton, répondit Edwina.

— Pardonne-moi, Sylvia, intervint Tony, mais nous devons partir. Transmets mes amitiés à Netherton et aux garçons. Je n'ai pas oublié que le petit Ruppert me devait deux pence. Nous les rejouerons la prochaine fois que je le verrai.

— Tu es le diable en personne ! Vous ne me croirez jamais, mademoiselle Parrish, mais mon frère a initié mon fils de sept ans aux jeux de hasard. Depuis, il n'arrête pas de parier avec tous les garçons d'écurie du domaine. Je devrais lui fermer ma porte, mais mes enfants l'adorent.

— Je ne fais rien d'autre que de participer à leur éducation, se défendit Tony. Les chevaux s'impatientent, Sylvia, nous devons vous quitter. Mes respects, Lady Walbourne.

— Bonne journée à vous, lança sa sœur joyeusement. Oh, Tony, tu devrais rendre visite à mère. Elle se plaint de ne pas t'avoir vu depuis des mois. Au revoir, mademoiselle Parrish.

Tony attrapa les rênes et lança les chevaux au trot.

— J'en ai assez de toute cette foule, observa-t-il. Je

vous propose d'emprunter des sentiers moins fréquentés.

— Merci encore, dit Edwina. C'était très gentil de votre part de me présenter à votre sœur. Elle vous ressemble beaucoup. Elle est très jolie.

— Mais c'est elle qui a hérité des grands yeux bleus des Morehouse. Songez à tous les cœurs que j'aurais pu briser avec ces yeux-là.

— Je vous soupçonne d'en avoir déjà brisé beaucoup avec vos yeux gris.

— Vraiment? Je prends cela pour un compliment. Et vous, Edwina, combien de cœurs avez-vous brisés avec vos beaux yeux sombres, en dehors du mien?

— Je n'ai jamais brisé ni votre cœur ni aucun autre, monsieur Morehouse, riposta-t-elle. Je ne suis pas ce genre de femme.

— Vous avez trop lu Mme Wollstonecraft.

— Pas autant que vous, apparemment. Expliquez-moi pourquoi j'ai soudain la curieuse impression que vous ne vous êtes intéressé à elle que dans le but de m'entraîner dans ce pari?

— Un bon joueur sait toujours quand prendre la main.

— Ah? À propos de mains, je suppose que vous refuseriez de me laisser les rênes?

Il lui lança un regard étonné et sourit.

— Vous voudriez conduire mon phaéton? Mais c'est bien trop *dangereux*!

— L'allée est presque déserte, insista-t-elle. Et il se trouve que je suis une très bonne conductrice.

— Vous avez déjà conduit ce genre d'attelage?

— Non, mais...

— Alors, vous risquez de nous renverser.

— Certainement pas.

— Vous pariez?

Elle secoua la tête en riant.

—Décidément, vous ne changerez jamais. Un vrai gamin ! Mais figurez-vous que moi, j'ai grandi. Je ne cherchais pas à parier, juste à m'amuser un peu en conduisant cette voiture ridicule. Tant pis, n'y pensons plus.

—Allons, Eddie, la titilla-t-il, je sais que vous avez gardé une âme de joueuse, même si vous refusez de l'admettre.

—C'est faux. J'admets que je suis d'une nature combative, et que j'aime gagner. Mais, contrairement à vous, je ne relève jamais un défi simplement par amour du risque.

—Ah non ? Pourtant, vous risquez beaucoup avec notre pari sur *La Vitrine*.

Elle émit un petit grognement.

—Vous ne m'avez pas vraiment laissé le choix quant aux termes.

—Et vous n'avez encore rien entendu ! Croyez-moi, le défi que je m'apprête à vous soumettre en vaut la peine.

—J'en doute.

—Dans ce cas, proposez un enjeu. Dans les limites du raisonnable, bien sûr.

—Ce qui signifie ?

—Que vous ne devez pas changer les termes de notre pari originel.

—Vous me tentez, monsieur. Quel est votre défi ?

Tony tira sur les rênes pour immobiliser l'attelage.

—Vous voyez ce bosquet, à gauche de l'étang où les daims s'abreuvent ? Si vous l'atteignez en... disons cinq minutes, sans nous faire chavirer ni quitter le sentier, vous avez gagné.

Elle fronça les sourcils, jaugeant visiblement la distance et la difficulté du parcours. Tony savait qu'elle allait accepter, car le défi n'avait rien d'insurmontable.

—Alors ?

—J'accepte.

—Parfait ! Et quel est votre enjeu si vous gagnez.

—Je veux que vous m'autorisiez à embaucher quelqu'un pour assister Mlle Armitage.

—Hum ! Cela ne change pas précisément les termes de notre pari originel, mais peut vous rendre la victoire plus facile...

—Que je gagne ou non ce pari-là, cela allégerait un peu mes journées. Figurez-vous que cette simple petite sortie d'aujourd'hui nuira au magazine. J'ai besoin d'aide, mais c'est vous qui tenez les cordons de la bourse.

—Entendu. Si vous gagnez, vous prendrez un assistant, et si je gagne, c'est moi qui choisirai cet assistant... ou assistante.

Elle lui lança un regard perplexe.

—Je vous suspecte d'avoir déjà quelqu'un en tête.

—Possible. Mais que vous gagniez ou non, vous aurez un nouveau collaborateur. Vous ne devriez pas laisser passer une telle chance.

—Je flaire le piège, avoua-t-elle. Vous avez forcément autre chose en vue que de me proposer un collaborateur si je perds.

—Vous avez deviné juste. L'employé vous est acquis, je désire donc quelque chose de plus si vous perdez. Quelque chose de personnel.

Une lueur d'amusement passa dans les yeux noirs.

—Mon Dieu ! Je crains de ne pas aimer ce quelque chose.

—Qui sait ? fit-il en lui offrant son sourire le plus charmeur.

—Allez-y, je vous écoute.

— Je veux l'un de vos bas.

Edwina écarquilla les yeux.

— L'un de mes bas ? répéta-t-elle.

— Oui. L'un de ceux que vous portez en ce moment, naturellement.

Elle hésitait entre s'offusquer ou éclater de rire.

— Et je suppose que vous voulez, de surcroît, l'enlever vous-même.

— Oh, non ! Ce serait inconvenant. Je veux simplement vous regarder pendant que vous le retirerez.

Cette fois, elle ne put se retenir de rire, et Tony en fut soulagé. Dieu merci, elle ne faisait pas partie de ces prudes effarouchées qui s'évanouissaient à la moindre remarque un peu osée. Mais cela faisait-il d'elle le genre de femme moderne que Ian avait mentionnée ? Il était bien déterminé à le découvrir, quitte à la pousser dans ses retranchements.

— Vous êtes vraiment incorrigible, commenta-t-elle.

— Il paraît. Alors, c'est oui ?

— Bien sûr. Puisque j'ai l'intention de gagner, cela n'a pas d'importance.

Elle souriait toujours, et, une fois de plus, il fut frappé par sa beauté.

— Vous ne sortez pas votre petit carnet rouge, s'étonna-t-elle.

— Que diriez-vous de nous dispenser de ces formalités, pour une fois ? Une simple poignée de main devrait suffire.

Il prit la main qu'elle lui tendait, la retourna et la porta à ses lèvres.

— À la victoire, murmura-t-il.

6

— Un frelon ! cria-t-il.

Edwina se recroquevilla tandis que Tony agitait les mains devant ses yeux, et resserra sa prise sur les rênes.

— Là ! Attention !

Il effleura son chapeau, le rabattant sur son visage. À présent, elle n'y voyait plus rien, et tira involontairement sur les rênes, ce qui rendit les chevaux nerveux. Alors qu'elle tentait d'enlever son chapeau d'une main, elle sentit qu'elle perdait le contrôle de l'attelage. Jugeant préférable d'abandonner la partie, elle manœuvra pour immobiliser la voiture.

— Quel démon vous faites ! s'exclama-t-elle en redressant son chapeau tandis qu'Anthony lui reprenait les rênes des mains. Vous l'avez fait exprès.

— Fait quoi ? Lancer un frelon sur vous ?

— Je n'ai vu aucun frelon. Vous avez voulu me distraire.

Le phaéton avait quitté le sentier. Elle avait perdu, par sa faute.

— Je vous assure, madame, qu'un frelon est venu vers vous, attiré certainement par les fleurs de votre chapeau. J'ai simplement voulu le chasser.

— Les fleurs de mon chapeau sont en soie, répliqua-t-elle. Le frelon n'était qu'une ruse pour me faire perdre.

— Hé, attendez un peu. Cette formule me rappelle quelque chose... Oui, cela me revient. Ce sont exactement les mots que j'ai employés lorsque vous avez réussi à me soutirer la Minerve.

— Cela n'a rien à voir. Je n'ai employé aucune ruse, j'ai seulement déjoué vos plans. Ce que vous avez fait là n'est pas sportif, et...

Et à la pensée qu'il en vienne à de telles extrémités, si effrontément, uniquement pour obtenir son bas, elle éclata de rire.

Tony l'imita. Son rire était franc et mélodieux. Ses yeux se plissaient et prenaient des reflets argentés. De toute évidence, cet homme aimait rire, les petites rides au coin de ses paupières prouvaient que cela lui arrivait fréquemment.

— Je suppose que vous voulez mon bas, à présent, dit-elle quand elle eut retrouvé son sérieux.

— C'est le moins que vous puissiez faire pour me remercier de vous avoir sauvée de l'attaque d'un frelon vicieux !

— Vicieux, vraiment ? railla-t-elle. Bien, je ne discuterai pas avec vous. Vous constaterez que je peux aussi être bonne perdante. J'aurai donc mon assistant ?

— Vous l'aurez. Et j'aurai votre bas. Maintenant.

— Ici ?

— Pourquoi pas ? Il n'y a personne à l'entour. Votre bas, s'il vous plaît !

Edwina se pencha et commença à relever ses jupes sur sa jambe gauche.

— Non, l'autre, l'arrêta-t-il.

Elle aurait dû se douter que son stratagème ne fonctionnerait pas.

Elle obéit et retroussa ses jupes de son côté, puis leva les yeux sur lui. Il fixait sa jambe dévoilée en retenant son souffle.

Soudain, elle se sentit euphorique, et hardie. Un frisson la parcourut tout entière à la pensée qu'en cet instant, elle tenait cet homme si attirant en son pouvoir. Elle allait le séduire. Cela faisait si longtemps qu'elle ne s'était pas autorisé le moindre flirt. Elle avait presque oublié le plaisir que cela procurait. Elle se sentit soudain jeune et pleine d'une vigueur nouvelle.

Elle allait s'amuser avec Anthony Morehouse, et d'une façon très inconvenante.

Elle se pencha de nouveau, enleva sa bottine et releva un peu plus sa jupe pour défaire sa jarretière, très lentement. Elle la brandit et l'agita devant ses yeux.

— Je prends cela aussi, décida-t-il.

— Ce n'était pas prévu dans notre accord.

— C'est exact, mais elle ne vous servira plus à rien aujourd'hui.

Avec un soupir, elle déposa la pièce de soie dans sa main tendue.

— Je présume que ce sera un trophée de plus à ajouter à votre collection.

Il sourit et posa un doigt sur ses lèvres.

— Chut ! Continuez, s'il vous plaît.

Tranquillement, Edwina commença à dérouler le bas. Par chance, elle portait sa plus belle paire – en soie rose pâle gaufrée de jaune paille. Hélas, elle avait coûté fort cher !

Elle prenait son temps tout en l'observant à la dérobée. Il fixait sa jambe d'un regard si brûlant qu'elle en frissonna. Elle retenait le bas d'une main posée à plat sur la jambe pour en protéger la soie délicate, tout en le déroulant de l'autre avec une lenteur délibérée. La respiration d'Anthony se fit plus rauque, et Edwina retint un sourire.

Elle cambra le pied et ôta doucement le bas, qu'elle fit glisser le long de sa jambe avant de le poser sur ses genoux. La fraîcheur du plancher sous son pied nu la fit tressaillir, la ramenant sur terre. Seigneur! Qu'est-ce qui lui avait pris? Elle rabattit sa jupe en hâte et enfila sa bottine tout aussi promptement. Après avoir roulé son bas en boule, elle le tendit à Tony en priant pour ne pas rougir.

Les yeux rivés aux siens, il porta la petite boule de soie à ses narines, puis à ses lèvres, et la mit dans la poche intérieure de sa redingote en souriant.

— Merci, fit-il. Cela valait vraiment la peine de combattre un frelon vicieux.

— J'espère seulement que vous n'allez pas brandir mes dessous en public pour pavaner devant vos amis.

— Je vous assure que je n'ai aucune intention de partager cela avec quiconque, répondit-il d'une voix caressante.

Sur ces mots, il reprit les rênes et lança les chevaux au trot.

— Vous aurez votre nouvelle assistante dans la semaine, reprit-il. Je connais la personne qu'il vous faut pour développer votre magazine.

Edwina éprouva soudain une vague appréhension.

— Qui est-ce?

— Une de mes amies. Elle s'appelle Flora Gallagher.

Elle faillit s'étrangler.

— Flora Gallagher? *La* Flora Gallagher?

— Je suppose. Je ne connais personne d'autre qui porte ce nom.

— Dans ce cas, elle ne travaillera pas pour mon magazine.

— Vous oubliez deux choses, ma chère. Premièrement, c'est *mon* magazine, et deuxièmement, vous venez de perdre le droit de choisir votre assistante.

— Eh bien, je me passerai d'assistante. Je préfère

travailler deux fois plus dur plutôt que d'employer cette... cette femme.

— Trop tard, Edwina. J'ai gagné le droit de choisir, et j'ai choisi Flora.

— Vous allez trop loin, monsieur. Supposez que nos lectrices apprennent que la fameuse Mme Gallagher est associée à *La Vitrine*. Les résiliations d'abonnements ne tarderaient pas à affluer. Mais peut-être est-ce là votre plan. Une manœuvre destinée à me faire perdre notre pari !

— Vous me surprenez, Edwina. Une femme de votre intelligence, et avec votre conscience sociale, ne devrait pas juger si promptement les choix d'une autre femme moins privilégiée.

— Moins privilégiée ? C'est une courtisane notoire qui a une kyrielle d'amants nobles et fortunés !

« Dont Anthony ? » s'interrogea-t-elle brièvement.

— Elle a choisi cette vie pour ne pas mourir de faim dans la rue, rétorqua-t-il. Contrairement à vous, elle n'est pas née dans un milieu qui lui offrait d'autres possibilités. J'aurais pensé que vous seriez heureuse d'aider une telle femme à occuper un emploi plus respectable. Vous qui vous targuez de défendre les opprimés, où est donc passée votre compassion ?

Qu'il aille au diable ! Il savait faire mouche. Mais elle ne pouvait lui avouer qu'une partie des sommes détournées des bénéfices servait à financer une école pour aider les prostituées à changer de vie.

Mais Flora Gallagher, tout de même !

— Vous ne me ferez pas croire qu'elle se contenterait du maigre salaire que nous pourrions lui offrir. Elle est habituée à plus.

— Sachez que Flora s'est retirée de la vie publique. Cette profession ne convient malheureusement pas aux femmes d'un certain âge. Mais elle a pris soin d'assurer son avenir, et je crois savoir qu'elle est plutôt riche.

— Alors pourquoi diable voudrait-elle travailler pour un magazine féminin ?

— Parce qu'elle est désœuvrée. Elle m'a dit à plusieurs reprises qu'elle aimerait se rendre utile. Elle ferait une parfaite éditrice de mode.

— Oh, non ! Encore la mode !

— Flora a un sens aigu de la mode, et elle est amie intime avec les meilleures couturières de la capitale. Ses judicieux conseils pourraient vous attirer de nouvelles lectrices. Et de nouveaux abonnements.

Bon sang, ce gredin la manipulait de nouveau !

— Comme je vous l'ai déjà fait remarquer, poursuivit-il, l'espace consacré à la mode n'est pas suffisant. Les femmes sont avides d'informations à ce sujet. Flora serait ravie de se charger de cette rubrique.

— Vous êtes déterminé à saper mon travail, n'est-ce pas ? J'ai passé des années à me battre pour faire de *La Vitrine* un bon magazine, au contenu solide. Et vous voulez tout détruire en flattant la vanité des lectrices avec des sujets frivoles plutôt que d'en appeler à leur intelligence.

— Mais vous avez déjà inclus des rubriques frivoles. Quelle différence cela ferait-il d'ajouter quelques colonnes à celle de la mode ?

— Une énorme différence ! répliqua Edwina sèchement. Cela entraînerait le magazine dans une direction qui va à l'encontre de tous mes objectifs.

— Cela accroîtrait votre lectorat, s'entêta-t-il.

— Je m'en moque. Le jeu n'en vaut pas la chandelle.

Il lui lança un regard en coin.

— Très bien. Si vous vous défilez et manquez à vos engagements, je ferai de même, et je vous demanderai d'examiner vos livres de comptes.

Edwina eut un hoquet de surprise.
— Vous êtes sérieux ?
— Oui. C'est cela ou Flora.
Elle soupira, écœurée.
— J'accepte Flora Gallagher, mais contre mon gré.
— Vous avez pris la bonne décision, assura-t-il avec un grand sourire. Du reste, je suis certain que vous aimerez Flora.
— Ne pariez pas là-dessus.

— Il m'a forcé la main, Prudence. Je n'avais pas le choix.
— Mais... *Mme Gallagher* ? Seigneur !
Prudence la fixait avec des yeux comme des soucoupes. Visiblement, l'idée de rencontrer la fameuse Flora Gallagher la fascinait.
— Nous devons en prendre notre parti, reprit Edwina. M. Morehouse est bien décidé à nous imposer une éditrice de mode, nous devrons donc faire de notre mieux pour nous entendre avec... cette femme. Il nous faudra aussi nous montrer discrètes. Je ne tiens pas à ce que toute la ville apprenne qu'une célèbre demi-mondaine travaille pour nous.
— Elle a fréquenté de nombreux gentlemen, n'est-ce pas ?
— En effet.
Prudence baissa la voix.
— Penses-tu que M. Morehouse...
— ...est l'un de ses amants ? Cela n'aurait rien d'étonnant. Comment cette femme pourrait-elle être de ses amies, autrement ?
— Je ne sais pas. Il t'a dit qu'elle s'était retirée ?
Edwina acquiesça d'un signe de tête.

— Cela signifie peut-être qu'il a été son amant, mais qu'il ne l'est plus.

— C'est possible. Mais peu importe.

C'était pourtant l'une des raisons pour lesquelles elle rechignait à employer cette femme.

— Mais, en ce cas, cela signifierait qu'il est... libre.

Edwina lança un regard noir à son amie.

— Prudence, j'ose espérer que tu n'as pas jeté ton dévolu sur cet homme !

— Moi ?

La pauvre faillit s'étrangler tandis qu'elle s'empourprait.

— Moi et M. Morehouse ? Seigneur, non. Pas lui. Enfin, je veux dire... personne d'autre non plus, bien sûr.

Sa rougeur s'accentua tant elle était embarrassée. Se pouvait-il qu'elle se fût entichée de quelqu'un ? La douce Prudence, si effacée, qui n'allait jamais nulle part ? Qui aurait bien pu retenir son attention ?

— Quelle idée ridicule, poursuivit celle-ci. Un aussi bel homme avec une femme comme moi.

— Ainsi, tu le trouves beau ?

— Bien sûr. Pas toi ? Et il est si élégant, et si bien élevé. As-tu remarqué toutes ses belles montres de gousset ? Je le trouve véritablement éblouissant !

Elle lâcha un petit rire nerveux. Edwina l'avait rarement vue si volubile. Malgré ses protestations, était-il possible qu'elle eût un faible pour Tony ?

— Il est d'une beauté égale à la tienne, s'enhardit à déclarer son assistante. Quel superbe couple vous feriez !

— Prudence !

— Mais c'est vrai. Et je suis certaine que tu ne lui es pas indifférente.

C'était donc cela ! Prudence avait observé en silence, comme à son habitude.

— Ma chère, je crois que tu as trop lu de ces histoires romantiques que Simon écrit pour nous. Sache que je ne m'intéresse pas à M. Morehouse.

Ce n'était qu'un demi-mensonge. Elle ne s'y intéressait pas de la façon que croyait son amie. Enfin pas vraiment.

— Peuh ! J'ai remarqué cette lueur dans ton regard quand tu es avec lui.

— Une lueur d'exaspération, la plupart du temps.

— Je ne voudrais pas insister mais c'est un homme charmant, et il est visiblement épris de toi. Cela ne te ferait pas de mal de baisser ta garde, pour une fois.

C'était précisément parce qu'elle avait baissé sa garde qu'elle se retrouvait avec une ancienne courtisane sur les bras ! Cela dit, elle avait pris un grand plaisir à leur petit jeu. Prudence avait raison ; cela ne lui ferait pas de mal de se lancer dans un flirt sans conséquence, dès lors qu'elle resterait maîtresse de la situation.

Elle n'eut pas le temps d'approfondir la question. Des voix dans le hall annonçaient l'arrivée de Tony et de Mme Gallagher.

Une fois de plus, Anthony avait deviné juste. Edwina aima d'emblée sa nouvelle collaboratrice.

Le salon du premier étage où ils s'étaient réunis pour prendre le thé paraissait plus petit qu'à l'accoutumée tant Flora semblait l'emplir de son indubitable présence. Sa voix pleine d'autorité n'en demeurait pas moins charmeuse. Ses manières étaient franches et directes, et elle avait l'art de mettre en valeur son interlocuteur. En outre, elle était drôle, et à plusieurs reprises Edwina se surprit à sourire.

Il était facile de comprendre pourquoi Flora attirait les hommes. Elle n'était pas belle au sens classique du terme, mais elle avait beaucoup d'allure, et son visage intéressant retenait l'attention, en dépit de ses cheveux teints en roux et de son maquillage un peu trop accentué. Elle avait un sourire engageant, et était suprêmement élégante. Il était évident que cette femme connaissait tout de la mode.

Flora – elle avait insisté pour qu'on l'appelât ainsi – les avait maintes fois félicitées d'avoir eu l'idée d'engager une nouvelle éditrice de mode, sans aucune obséquiosité, cependant. Son enthousiasme semblait sincère, et elle fourmillait d'idées.

— Cela ne fait aucun doute, il faut élargir votre rubrique de mode.

Edwina lança un coup d'œil à Tony.

— Ça n'a pas été une décision facile à prendre. Mais j'y ai été *contrainte*.

— Je comprends, dit Flora. *The Lady's Magazine* remporte le succès que l'on sait en raison de ses nombreux reportages sur la mode, et *The Lady's Monthly Museum* y consacre deux pleines pages. Toutefois, ils ne font que de brèves descriptions, nous ne devrions pas avoir de mal à faire mieux. Et, bien sûr, il y a *The Fashion gallery*.

— Je n'ai pas l'intention de rivaliser avec cette publication.

— Vous avez raison. Elle est trop importante et ne vise que l'élite. Vous devez vous adresser à la femme ordinaire. La femme du bottier, la fille du drapier... ce sont elles qui s'intéressent le plus à ce que portent les dames de la haute société.

— Je suppose que vous avez raison, soupira Edwina.

Flora eut un sourire contrit.

— Bien sûr que j'ai raison. Mais il faudrait oublier Paris et nous concentrer sur Londres. Vous attirerez plus de lectrices en les informant de ce que l'on porte à Covent Garden ou à Hyde Park plutôt qu'en décrivant les élégantes de Longchamp.

— Alors, ne vous avais-je pas dit que Flora ferait une excellente éditrice de mode? déclara Anthony en se levant. En tant que propriétaire du magazine, je l'assure de tout mon soutien, ajouta-t-il en décochant un regard éloquent à Edwina. Je vous laisse convenir des détails, mesdames.

Edwina fit mine de le raccompagner, mais il l'arrêta d'un geste.

— Ne vous dérangez pas pour moi. Je connais le chemin.

Il lui signifiait ainsi clairement qu'il ne voulait s'engager dans aucune discussion privée au sujet des propositions de Flora. Il sortit en hâte, après s'être incliné devant les trois femmes.

— La canaille, murmura Edwina.

— Mon Dieu! s'exclama Flora. Je crois deviner que ceci n'était pas votre idée, n'est-ce pas?

Edwina se rassit sur le canapé et lui adressa un sourire penaud.

— Pas exactement, c'est vrai. J'avais simplement demandé une personne supplémentaire pour alléger notre travail.

— Et il m'a imposée. Ma pauvre, fit-elle avec un petit rire cristallin, quel choc cela a dû être!

— En effet, je l'avoue. Mais je vous ai écoutée avec attention. À présent, répondez-moi franchement: pensez-vous vraiment que consacrer plus d'espace à la mode dans notre magazine augmenterait nos abonnements de manière substantielle?

— J'en suis persuadée. Est-ce vraiment si important?

Prudence, qui était restée silencieuse dans son coin, faillit s'étouffer avec son thé. Flora l'interrogea du regard.

— C'est extrêmement important, dit-elle d'un ton embarrassé. Sans cela, Edwina perdra le magazine.

— Comment cela ? Je croyais qu'Anthony en était le propriétaire.

— Il l'est, intervint Edwina. À moins que je ne réussisse à attirer deux mille abonnés supplémentaires d'ici novembre.

— Ne me dites pas qu'il s'agit encore d'un pari ! s'exclama Flora.

— Si.

— La fripouille ! Il ne peut s'en empêcher. Mais je trouve indigne de sa part d'avoir joué ainsi avec vous.

— C'est exactement ce que je pense. Mais c'était pour moi la seule manière de conserver le magazine. Et c'est ce que je désire le plus au monde.

Flora la regardait d'un air songeur.

— Il y a une chose qui m'étonne, dit-elle. Anthony se conduit comme s'il voulait perdre son pari. Car je vous garantis que cette rubrique mode risque fort de vous aider à atteindre votre objectif en matière d'abonnements.

— Quant à moi, répliqua Edwina, je le suspecte plutôt de faire tout ce qu'il peut pour me contrarier.

Elle était convaincue qu'il voulait gagner son pari, ne serait-ce que pour se venger et récupérer la Minerve. Cependant, il agissait de manière déroutante. Il semblait vouloir apporter son aide, mais en réalité, n'espérait-il pas que le simple nom de Mme Gallagher contribuerait à la chute du magazine ?

— Vous aviez de plus grandes ambitions que celle d'éditer un magazine de mode, n'est-ce pas ? hasarda Flora d'une voix douce.

— En effet.

— Alors pourquoi l'avoir intitulé *La Vitrine des élégantes*.

— Il s'appelait ainsi lorsque je l'ai repris, après la mort de ma grand-tante. Nous avons tous travaillé dur pour en faire autre chose qu'un journal à trois sous, mais M. Morehouse est incapable de comprendre cela.

Flora finit son thé et vint s'asseoir à côté d'Edwina sur le canapé.

— Mais moi, je le peux. Cela fait quelque temps que je lis *La Vitrine*, et je crois avoir saisi le message que vous essayez de faire passer.

— Vraiment ? interrogea Prudence d'une voix teintée d'inquiétude.

– Oui. C'est subtil mais compréhensible. Vous voulez que les femmes se montrent plus fortes, qu'elles pensent par elles-mêmes, et aient toutes accès à une bonne éducation afin de contrôler leurs vies.

Edwina en demeura bouche bée. En une phrase, cette femme, une ancienne courtisane, avait résumé l'objectif de sa vie !

— Ne soyez pas si choquée qu'une femme telle que moi puisse vous comprendre, par pitié ! reprit Flora en riant. Nous nous ressemblons beaucoup plus que vous ne le pensez, Edwina. Vous et moi n'avons personne sur qui compter, nous essayons d'être indépendantes. À ma façon, je n'ai jamais dépendu d'un homme. Vous seriez surprise d'apprendre combien de femmes qui ont choisi une voie semblable à la mienne sont de votre côté, ma chère. Nous soutenons les mêmes réformes que vous.

— Des réformes ? murmura Prudence avant de jeter un regard prudent à Edwina.

— Dieu merci, poursuivit Flora, vous ne prêchez pas de réformes spécifiques dans votre magazine, car vous n'auriez quasiment plus de lectrices. Mais je sais que nous sommes nombreuses à désirer que la situation des femmes s'améliore, en matière d'éducation, entre autres. Les femmes telles que moi peuvent faire beaucoup, vous savez. Par exemple, infléchir l'opinion des hommes, mieux que leurs épouses ne le pourraient, ajouta-t-elle avec un rire malicieux.

— C'est précisément pour cette raison que je crois essentiel que les femmes soient au fait des problèmes sociaux et politiques. Pour influencer leur mari ! renchérit Edwina, qui n'en revenait pas d'avoir une pareille conversation avec une ancienne courtisane. Qu'elles n'aient pas le droit de vote ne signifie pas qu'elles n'ont aucun pouvoir. Nous ne sommes pas de simples objets décoratifs. Nous avons un cerveau, et nous devons apprendre à nous en servir.

— Et posséder un cerveau n'est pas incompatible avec la beauté, vous en êtes la preuve vivante, ma chère. Et vous avez été assez habile pour conserver un zeste de frivolité à votre magazine afin d'inciter les femmes à lire le reste.

— Mais vous-même et M. Morehouse semblez être d'accord pour que je fasse plus de concessions en matière de frivolités.

— Pas nécessairement. Vous n'avez qu'à séduire vos lectrices en attirant leur attention sur une vision de la mode plus... originale, disons. Cela vous permettra d'augmenter vos tirages, et, par voie de conséquence, vous rapportera plus d'argent. Argent que vous pourrez utiliser au profit de vos causes de prédilection. C'est ainsi que se font les affaires.

— Oh ! souffla Prudence, émerveillée, cela paraît si... raisonnable.

Flora éclata de rire.

— Ne soyez pas surprise, ma chère. Une femme dans ma position doit avoir le sens des affaires, ou être au moins bon stratège ! En feuilletant les pages qui flattent leur vanité, en participant un peu à la vie du grand monde, vos lectrices verront le contenu sous-jacent de votre magazine, et elles s'en trouveront forcément influencées.

— Flora a tout à fait raison, déclara Prudence. Oh, Edwina, c'est tellement excitant !

Edwina ne put s'empêcher de sourire.

— Entendu. Vous êtes toutes les deux terriblement persuasives. J'accepte de tenter l'expérience. Néanmoins, je ne tolérerai ni potin ni chronique à scandale. Je veux bien faire des concessions, mais il y a des limites. Flora, vous disiez qu'il nous faudrait plus d'illustrations...

— Oui. Mais pas de simples reproductions. Il nous faut des dessins originaux.

— Ce qui signifie engager un nouvel artiste, et peut-être un nouveau graveur. Cela prendra du temps. Et où l'artiste va-t-il trouver ses modèles ?

— Laissez-moi faire, j'ai ma petite idée, dit Flora.

— En attendant, intervint Prudence de sa voix flûtée, Flora pourrait rédiger une chronique détaillée pour le prochain numéro, même si nous n'avons pas les illustrations.

Edwina n'avait jamais vu la timide Prudence aussi enthousiaste. Entre les deux femmes – et Anthony –, elle avait l'impression d'être emportée dans un tourbillon sans savoir où tout cela la mènerait. Elle détestait sentir que la situation lui échappait. La seule chose à faire était donc de prendre les choses en main.

— Je pense que le mieux serait de nous y mettre dès maintenant. Flora, je vous charge de nous dénicher un nouvel artiste, avec l'aide de Prudence. Pourriez-vous écrire un article pour demain, après-demain au plus tard ?

— Je ferai de mon mieux. Je vais au théâtre ce soir. Je prendrai des notes, ajouta-t-elle avec un sourire espiègle.

— Prudence, nous pourrions retirer la biographie sommaire de Mme Montague pour insérer l'article de Flora, qu'en penses-tu ?

— Excellente idée.

— Alors, au travail !

Deux semaines plus tard, *La Vitrine des élégantes* se montrait digne de son titre pour la première fois depuis des années. La chronique de Flora, signée Vestis Elegantis, était truffée de détails pris sur le vif et pimentée par quelques potins anodins. Elle remporta un si vif succès que les libraires épuisèrent leurs stocks en quelques jours. Edwina fut submergée de lettres de lectrices réclamant d'autres articles sur la mode, et le nombre d'abonnements fit un bond.

Elle se tourna vers Flora, qui parcourait la liste des nouveaux abonnés.

— Vous m'avez convaincue, avoua-t-elle. À présent, que pourrions-nous faire d'autre pour gagner ce satané pari ?

7

— Tu seras des nôtres pour le voyage à Newmarket, bien sûr, Morehouse, dit Lord Skiffington. L'un de mes pur-sang les plus fringants participe à la course, et il sera monté par Tiggets. C'est gagné d'avance.

— C'est tentant, Skiffy, mais je ne pense pas pouvoir vous accompagner.

Tony n'avait pas envie d'aller à Newmarket. Il savait que ces petites sorties se prolongeaient invariablement par trois ou quatre jours de ribote, et il ne voulait pas s'éloigner de Londres aussi longtemps. Il invoquerait l'excuse d'avoir à surveiller son nouvel investissement, mais en réalité, il ne pouvait plus quitter Edwina, surtout maintenant, alors qu'il avait commencé à entamer ses défenses.

Skiffy se cala dans son fauteuil et scruta Tony à travers son lorgnon.

— Comment ? Tu ne viens pas ?

— Non. Je regrette, mon vieux.

Skiffy jeta un regard circulaire dans la salle.

— Vite, appelez un médecin ! Morehouse ne va pas bien.

— Je m'en étais aperçu, intervint Lord d'Aubney. Notre ami ne fréquente quasiment plus les endroits où on le rencontrait auparavant. Je me suis posé des questions sur son étrange comportement, et je ne vois qu'une réponse possible.

— Une femme ! s'exclama Fordyce en gratifiant Tony d'un clin d'œil.

— Oh, alors ce doit être cette superbe créature qui l'accompagnait au parc ! renchérit Sir Crispin.

— Une superbe créature ?

Skiffy rapprocha sa chaise de Tony.

— Le cachottier ! Qui est-ce ? Une hétaïre qui réchauffe ton lit ?

— Absolument pas.

— C'est cette éditrice, n'est-ce pas ? Tu en as fait ta maîtresse, dit Fordyce.

— Certainement pas.

« Pas encore, du moins », ajouta Tony en silence.

— Mais c'est bien elle que l'on a croisée avec toi au parc ? insista Ian.

— En effet, nous avons fait un tour en voiture une ou deux fois.

Tony avait emmené Edwina au parc une deuxième fois, sans avoir eu besoin de parier quoi que ce fût. Ils avaient passé un agréable après-midi, avec un minimum de taquineries et de prises de bec. Ils avaient surtout évoqué leur enfance dans le Suffolk, et il l'avait laissée discourir sur ses sujets préférés, les réformes sociales et l'éducation des femmes. Il cherchait maintenant un moyen de l'entraîner au théâtre, ou à l'Opéra, un soir.

— Tu t'es montré au parc avec la vieille fille ? s'étonna Skiffy.

— La femme que j'ai vue n'avait rien d'une vieille fille, assura Sir Crispin. C'était une vraie beauté, même si en effet ce n'est plus une gamine. Un profil de médaille, et une voix de sirène à vous retourner les sangs. J'ai d'abord pensé qu'elle était sa maîtresse, puis j'ai vu Morehouse la présenter à sa sœur.

— Mlle Parrish est une jeune femme respectable, fit Tony sèchement, alors surveillez votre langage, s'il vous plaît.

— Oh, Tony !

Ian avala une lampée de bière et s'essuya la bouche d'un revers de main.

— Ma parole, tu as perdu la tête ! Tu t'es amouraché de cette fille.

— Et alors ? lança d'Aubney. Si la femme est superbe, où est le problème ? Il n'a pas l'intention de l'épouser, après tout. N'est-ce pas ? ajouta-t-il à l'adresse de Tony.

— Bon sang, on ne peut plus avoir un flirt sans provoquer un soulèvement ? s'écria Tony, exaspéré.

— Je t'avais prévenu que ce magazine serait une source d'ennuis, déclara Ian. Cette femme t'a ensorcelé. Je parie que tu travailles toujours pour sa feuille de chou. Elle se moque de toi, mon vieux, et tu ferais mieux de te tenir à l'écart.

— Personnellement, j'aurais du mal à me tenir à l'écart d'une telle femme, dit Sir Crispin. Où diable se cachait-elle jusqu'à présent ?

— Bonne question, renchérit Skiffy. Les jolies femmes aiment à se montrer en société. Y aurait-il eu un scandale dans son passé ?

— Pas que je sache, répondit Tony. La vie sociale londonienne ne l'intéresse pas, c'est tout.

— C'est un vrai bas-bleu ? s'enquit d'Aubney.

— Jusqu'au bout des ongles.

Tony se garda bien de mentionner le ravissant bas rose qu'il avait subtilisé à Edwina, et qu'il avait soigneusement rangé dans l'un de ses tiroirs, à côté de la jarretière.

— Elle se réclame de Mary Wollestonecraft, et est favorable à des réformes sociales.

Un murmure de désapprobation emplit la salle.

— Je comprends mieux, à présent, soupira Skiffy. Si belle fût-elle, quel homme s'engagerait avec une telle femme ? Quant à moi, je n'ai jamais pu supporter une femme qui parle trop. Un petit gémissement de temps à autre, et même un petit cri au bon moment, soit ! Mais si elle parle, je perds tous mes moyens.

Un concert de rires gras accueillit sa remarque et la conversation prit un tour égrillard. Le nom d'Edwina ne fut plus prononcé, mais Ian se permit un ou deux regards entendus du côté de Tony.

Ce dernier demeura silencieux. Son ami avait-il raison ? Était-il entiché d'Edwina ?

Il devait admettre qu'elle lui plaisait énormément, et qu'il la respectait, même s'il ne partageait pas toujours sa vision du monde. Il admirait son honnêteté et l'authenticité de ses engagements. À vrai dire, à son contact, il en était venu à se remettre en question.

Il se rendait à présent compte qu'il n'avait fait que suivre la voie tracée par son père, et son grand-père avant lui, à l'image de la plupart des jeunes gens de son milieu. Il s'était surpris à réviser ses opinions, et à envisager d'autres choix, pour rendre sa vie un peu moins futile.

Pour la première fois, il aimait une femme pour elle-même, et non pour le plaisir qu'elle pouvait lui procurer. Ce qui ne l'empêchait pas de penser au plaisir ! Il lui arrivait de fermer les yeux et de rêver aux longues jambes dont il avait eu un aperçu, de les imaginer enroulées autour de lui. Il voulait prendre du plaisir avec elle, et la soupçonnait de ne pas y être totalement opposée. Après tout, elle lui avait prouvé qu'elle était loin d'être prude... Après l'épisode du bas, il devait trouver un autre moyen de la tester. Il n'avait pas de temps à perdre à Newmarket. Cependant...

— Parle-moi de ton pur-sang, Skiffy. Tu es sûr qu'il va gagner ?

Le lendemain après-midi, Tony était de retour à Golden Square. En pénétrant dans la bibliothèque, il trouva Edwina, Prudence et Flora penchées au-dessus d'une table de travail. Elles parlaient avec animation si bien qu'elles ne remarquèrent pas sa présence.

Il se demanda s'il aurait encore l'occasion de se retrouver seul avec Edwina. Mais, après tout, c'était sa faute. Il ne lui avait imposé Flora que parce qu'il prenait un malin plaisir à l'agacer. Et cette fois, semblait-il, son plan s'était retourné contre lui. Visiblement, les deux femmes s'entendaient déjà comme larrons en foire.

Il s'adossa à la porte et les observa durant quelques minutes. Elles discutaient de gravures de mode. Edwina souriait, et il la vit toucher le bras de Flora à plusieurs reprises, comme s'il s'agissait d'une amie proche. Proche à quel point ? Flora lui avait-elle parlé de leur relation passée ? Si oui, quelle différence cela faisait-il ? Edwina se doutait bien qu'il n'avait pas vécu comme un moine jusqu'à trente et un ans.

Du reste, il n'avait pas honte de sa liaison avec Flora. Elle avait beaucoup appris au jeune homme de vingt-cinq ans qu'il était alors, sur la vie, l'amour, et… les relations intimes. Il l'avait aimée, même s'il la soupçonnait de ne pas lui avoir été toujours fidèle. Lorsque leur histoire avait pris fin, ils étaient restés amis, et ils se voyaient assez souvent.

Edwina leva les yeux et le découvrit enfin.

— Bonjour, monsieur Morehouse. Entrez donc.

Flora lui tendit la joue pour un baiser.

— Anthony, mon cher ! Quel plaisir de vous voir ! Nous avons des nouvelles excitantes, figurez-vous.
— Vraiment ?
— Vous n'allez pas le croire, monsieur Morehouse, intervint Prudence, mais Lionel Raisbeck a accepté de dessiner nos planches de mode.
— Raisbeck ?

Il regarda les trois femmes tour à tour. Une lueur de triomphe étincelait dans leurs yeux. Raisbeck était un portraitiste réputé, membre de la Royal Academy, aussi Tony comprenait-il leur joie.

— C'est un ami, précisa Flora. Il n'a pas pu résister à ma requête.

Tony croisa son regard en se demandant si elle n'avait pas un peu... appuyé sa requête. Mais, après tout, que lui importait !

— Voilà une bonne nouvelle, en effet, acquiesça-t-il. Et combien est-ce que cela va me coûter ?
— L'autre bonne nouvelle, c'est que Raisbeck a accepté de travailler pour nous au tarif normal d'une demi-couronne par dessin, répondit Edwina, qui rayonnait. Nous aurons donc de magnifiques gravures, qui vont sans aucun doute nous apporter de nouveaux abonnés, sans dépenser un shilling supplémentaire. Je vais finalement gagner notre pari, monsieur Morehouse.
— Ne vous réjouissez pas trop vite. Le nombre d'abonnés a-t-il augmenté ?
— Oh, oui, dit vivement Prudence. Nous avons reçu plus de trente demandes cette semaine.
— Fichtre ! s'exclama-t-il d'un ton railleur. Alors il n'en faut plus que mille neuf cent soixante-dix pour remplir le contrat.

Flora lui offrit un sourire radieux.

— Vous êtes un ignoble individu. Vous nous excuserez, très cher, mais Prudence et moi avons du travail.

Elle s'approcha de la patère pour y décrocher le chapeau de Prudence, le lui tendit, et prit le sien qui était posé sur la table.

— Quelle sorte de travail ? s'enquit Tony.

— Oh, monsieur Morehouse, figurez-vous que Flora s'est arrangée pour…

— Venez, Prudence, coupa Flora en prenant la jeune femme par le bras. Nous sommes en retard. Edwina expliquera tout cela à Anthony.

Sur ce, elle quitta la pièce, Prudence trottinant à ses côtés. Tony ne put s'empêcher de sourire. Elle lui avait délibérément laissé un moment d'intimité avec Edwina. Il ne lui avait rien dit de l'attirance qu'il éprouvait pour la jeune femme, mais, visiblement, elle l'avait remarquée. À moins qu'Edwina ne lui ait fait des confidences… Il ressentit une bouffée d'euphorie à cette idée.

Qui s'évanouit lorsque Edwina se glissa derrière son bureau comme derrière un bouclier. Manifestement, cette position lui procurait une sensation d'invulnérabilité.

De quoi avait-elle peur, qu'elle eût ainsi besoin de se protéger ?

Tony repoussa une pile de papiers et se percha sur un coin du bureau. Elle fit la moue, agacée de cette intrusion masculine sur son territoire, mais ne pipa mot, et se mit à fourrager dans un paquet de documents.

— Prudence est devenue terriblement sociable, observa-t-il. Elle qui avait toujours l'air d'une petite souris. Quel changement !

— C'est l'influence de Flora. Elle l'a prise sous son aile.

105

Tony gloussa.

— Difficile d'imaginer association plus improbable. Mais Flora peut être irrésistible, parfois.

Edwina haussa un sourcil interrogateur.

— Vraiment ?

Tony préféra ignorer la question implicite.

— Alors, qu'aviez-vous donc de si important à m'apprendre, à part Raisbeck ?

L'expression de la jeune femme se radoucit et une petite flamme s'alluma dans son regard.

— Flora a rencontré quelques-unes des meilleures modistes de la capitale. Elles ont accepté que Raisbeck dessine leurs modèles, et leurs noms seront cités en contrepartie.

— Cela me semble une bonne idée, mais qu'y a-t-il là de si extraordinaire ? Les autres magazines ne font-ils pas la même chose ?

— Non, cela n'arrive quasiment jamais. Mais il y a plus. Les modistes acceptent que Flora découvre en avant-première les modèles créés pour les dames de la haute société en vue d'un événement particulier. Ainsi, elle pourra les décrire bien plus en détail que si elle les avait aperçus de loin. Flora est persuadée que cela nous différenciera des autres publications.

— Vous pouvez lui faire confiance pour ce genre d'arrangements. Ne vous avais-je pas dit qu'elle apporterait beaucoup au magazine ?

— En effet, et vous aviez raison, répondit-elle avec un sourire penaud qui prouvait combien admettre cela devait lui coûter. J'étais furieuse contre vous, mais, finalement, je l'aime beaucoup. C'est une femme peu ordinaire, et fascinante, je dois le reconnaître.

— Je ne peux qu'être d'accord avec vous.

— Peut-être l'aimerez-vous un peu moins lorsque vous vous rendrez compte combien ses efforts vont m'aider à gagner notre pari. Prudence n'a mentionné que les nouveaux abonnements arrivés par courrier, mais il ne faut pas oublier les souscriptions des libraires, qui sont fort nombreuses.

—Ne soyez pas trop sûre de vous, ma chère. Vous êtes encore loin du compte, et je suis bien décidé à récupérer la Minerve. Toutefois, ne craignez rien. Lorsque j'aurai gagné, je tiens absolument à vous garder comme éditrice.

—Vous êtes vraiment impossible !

—Bon sang, qu'est-ce qu'il a encore fait ?

Tony tourna la tête, et découvrit Nicolas Parrish sur le seuil.

—Il essaie encore de me pousser à bout, répondit Edwina.

Nicolas entra et se laissa tomber dans un fauteuil sans quitter Tony des yeux.

—Tant qu'il en restera là, je ne serai pas obligé de lui demander des réparations sur le pré.

Edwina éclata de rire, mais cela ne dissipa pas le malaise que Tony avait ressenti. Il avait la nette impression que l'homme ne l'aimait pas. Du reste, il ne ratait jamais une occasion de jouer les frères protecteurs en sa présence.

—Inutile de sortir nos pistolets, Parrish. Je rappelais seulement à votre sœur qu'il lui restait encore beaucoup à faire pour gagner notre pari.

—N'en déplaise à M. Morehouse, j'ai de très bonnes nouvelles à t'annoncer, Nicolas, intervint Edwina.

Elle lui raconta en détail le plan de Flora, et lui décrivit l'enthousiasme de Prudence, qui avait encore déniché de nouveaux annonceurs. Les yeux de Nicolas pétillaient.

—Seigneur ! Pense aux revenus supplémentaires dont nous allons pouvoir disposer !

Le frère et la sœur échangèrent un regard de connivence qui n'échappa pas à Tony. Ces deux-là lui cachaient quelque chose... qui, devinait-il, se trouvait dans ces livres de comptes qu'il n'était pas censé consulter.

— L'avenir s'annonce plus radieux, en effet, déclara gaiement Edwina avant de se diriger vers la porte. Je vais nous préparer du thé. Le Bohea, cette fois! Je vous retrouve en haut.

Tony se leva et arrangea les pans de sa redingote.

— Vous ne risquez pas de prendre quelqu'un par surprise, avec toutes vos breloques qui cliquettent, observa Nicolas en se levant à son tour.

Il possédait la même grâce et le même beau regard sombre que sa sœur.

— Ce n'est pas mon genre, répliqua Tony. Je préfère m'annoncer.

— Vous avez un bel assortiment de chaînes de montres. Celle-ci surtout, avec la mèche de cheveux. Votre bien-aimée?

Nicolas désirait-il savoir si sa sœur avait une rivale dans son cœur?

— C'est une mèche de cheveux de ma mère, en vérité.

— Ah!

Alors que Nicolas passait devant lui, Tony l'arrêta d'un geste.

— Écoutez, Parrish, ce n'est pas la peine de jouer les frères protecteurs en ma présence. Je ne nourris aucune mauvaise intention vis-à-vis de votre sœur.

Nicolas le dévisagea un instant, puis sourit.

— Sachez, Morehouse, que jamais je n'oserais me mêler de la vie privée de ma sœur. Si elle décide de vous fréquenter plus intimement, c'est son affaire, pas la mienne.

— Parfait. Cependant, votre attitude est loin d'être conventionnelle, non ? Je connais beaucoup de frères qui seraient moins blasés en ce domaine.

— Nous ne sommes pas une famille des plus conventionnelles, comme vous le savez. Vous avez certainement entendu parler de notre mère dans votre enfance. Je sais que mon grand-père désapprouvait sa conduite.

— Parce que c'était une artiste ? hasarda Tony, qui se souvenait des propos de son propre père au sujet de la famille d'Edwina.

— En partie, et parce qu'elle méprisait les conventions. C'était une femme brillante, passionnée, têtue. La vie avec elle était un peu chaotique. Elle ne pensait qu'à son art, et était toujours à la recherche de quelque chose d'inédit, prête à tout pour trouver de nouvelles sources de lumière. Elle en est morte, d'ailleurs.

— Comment cela ?

— Il y avait un terrible orage ce jour-là, mais elle a absolument voulu sortir pour capter l'éclat des éclairs et le reproduire sur sa toile. Mon père n'a pu l'en empêcher. Elle a dû s'abriter sous un arbre qui a été frappé par la foudre. Nous l'avons retrouvée morte.

— Quelle horreur !

— Nous avons tous beaucoup souffert. Notre père s'est complètement replié sur lui-même. Quand Edwina a enfin repris le dessus, elle a choisi une voie qui n'était pas moins chaotique.

— La France ?

— Oui. Mais je suis convaincu que même si notre mère avait vécu, elle aurait fait les mêmes choix. Déjà toute petite elle n'en faisait qu'à sa tête.

Tony ne put s'empêcher de rire.

— J'ai eu un aperçu de son fort tempérament quand nous étions enfants. Elle n'a pas tellement changé, on dirait.

— À vrai dire, si. Elle n'est plus tout à fait la même depuis notre retour de France. Elle est plus calme, moins rebelle. Mais elle veut toujours tout contrôler, ajouta Nicolas avec un sourire.

— Je l'ai remarqué.

— Ce qui signifie qu'elle ne souffrirait aucune intrusion de ma part dans sa vie privée. Surtout lorsqu'il s'agit des hommes.

Intéressant! Il y avait donc eu des hommes dans sa vie. Tony se racla la gorge.

— Et… vous est-il arrivé souvent de devoir vous retenir d'intervenir?

— Morehouse, la beauté d'Edwina ne vous a pas échappé, j'imagine. Les hommes lui tournent autour depuis l'âge de quinze ans, mais, pour être franc, elle les remet en général elle-même à leur place. Elle ne veut rien avoir à faire avec eux.

Il plissa les yeux et ajouta :

— Cela fait très longtemps qu'elle ne s'est pas intéressée à un homme.

Seigneur! Qu'essayait-il de lui dire? Edwina ferait-elle partie de cette autre sorte de femmes? Celles auxquelles Ian avait fait allusion?

— Elle pense qu'il y a des choses plus importantes que l'amour, poursuivit Nicolas. *La Vitrine* signifie énormément pour elle. Si vous voulez un conseil amical, ne sous-estimez pas son travail. À ses yeux, il ne s'agit nullement d'un passe-temps frivole.

— Êtes-vous en train de me suggérer d'annuler le pari à son profit?

Nicolas inclina la tête de côté et réfléchit à la question.

— Non, répondit-il finalement. Curieusement, votre stupide pari lui a permis de comprendre que des changements étaient nécessaires. Elle avait envie de toucher un plus large public, mais se montrait trop prudente. C'est la meilleure chose qui lui soit arrivée, mais ne le lui répétez surtout pas !

— Je suis heureux de vous l'entendre dire, Parrish.

— Alors, vous ne serez pas trop déçu si vous perdez ?

Tony s'apprêtait à clamer, comme d'habitude, qu'il gagnait toujours, lorsqu'il lui apparut soudain, avec une clarté aveuglante, qu'il *voulait* perdre. En fait, et bien qu'il n'eût jamais voulu l'admettre jusqu'à présent, il avait tout fait pour cela.

— J'espère que je vais perdre, déclara-t-il tranquillement. *La Vitrine* revient de droit à Edwina. Mais ne le lui répétez surtout pas ! ajouta-t-il avec un large sourire.

— Dans ce cas, pourquoi semble-t-elle toujours contrariée après chacune de vos visites ?

— Parce que je ne peux m'empêcher de la taquiner. C'est ainsi ! Nous ne cessons de nous titiller l'un l'autre, si bien que la moindre conversation dégénère en prise de bec. Mais ce n'est pas sérieux, croyez-moi. Je n'ai aucune vue sur le magazine.

— Alors, prions pour qu'elle gagne, sinon la vie avec elle sera un enfer.

Tous deux éclatèrent de rire, et Tony donna une claque amicale dans le dos de son compagnon avant de quitter la pièce.

Cependant la phrase de Nicolas « Cela fait très longtemps qu'elle ne s'est pas intéressée à un homme » n'avait cessé de préoccuper Anthony. Il songeait à son célibat bien accepté, à son amitié avec Prudence, à la façon qu'elle avait de toucher Flora au bras ou à l'épaule...

Se pouvait-il qu'il fût le premier homme à avoir réussi à attirer son attention ? Ou jouait-elle simplement avec lui, alors qu'en réalité elle ne s'intéressait ni à lui ni à aucun homme.

Bon sang ! Il devait tirer cela au clair au plus tôt.

Ils passèrent tous trois un agréable moment autour d'une tasse de thé, riant et discutant, toute tension entre les deux hommes s'étant envolée. Nicolas ne s'attarda toutefois pas. Après son départ, Anthony s'installa plus confortablement sur le canapé, le bras négligemment posé sur le dossier.

— Parlez-moi de la Minerve, lâcha-t-il à brûle-pourpoint.

— Que voulez-vous savoir exactement ?

— Comment en est-elle arrivée à servir de blason à *La Vitrine* ?

— Eh bien, elle a toujours été un symbole à mes yeux. Toute jeune déjà, la culture classique me passionnait. Et il se trouve que mes idéaux républicains s'inspirent de la Rome antique. Je me suis identifiée à elle, en tant que guerrière en lutte contre la tyrannie et l'ignorance.

— Vous, une guerrière ?

— Avec ma plume pour arme.

— Vous avez passé tellement de temps à livrer diverses batailles, observa-t-il, que vous en avez oublié d'avoir une vie à vous.

— Mais *j'ai* une vie à moi.

— Une vie solitaire.

— Pas tant que cela.

— Mais sans mari ni enfants. Je vous soupçonne d'avoir pris Wollstonecraft trop au pied de la lettre. Pourquoi sinon seriez-vous encore célibataire ?

— Nous avons déjà eu cette discussion.

— Je pense que vous n'avez jamais pris le temps d'apprendre à séduire un homme, s'entêta-t-il. Vous n'avez même probablement jamais été amoureuse.

Elle tressaillit.

— Vous vous trompez. J'ai été amoureuse.

— D'un homme ?

Edwina écarquilla les yeux.

— En voilà une question !

— Croyez-moi, je n'aurais pas été choqué de découvrir que le grand amour de votre vie eût été une femme. J'aurais pensé que c'était un vrai gâchis, d'un point de vue purement égoïste, bien entendu, mais je ne vous aurais pas condamnée.

Elle eut du mal à se retenir de rire. Était-ce donc là ce qui le torturait ?

— Cette ouverture d'esprit vous honore, monsieur.

— Elle me permet surtout de savoir qu'une femme telle que vous est généralement réceptive à toute nouvelle expérience.

— Une femme telle que moi ?

— Non-conformiste. Quelle chance d'avoir Flora à portée de main ! Elle pourrait vous apprendre deux ou trois choses.

— Par exemple ?

— Par exemple comment faire plaisir à un homme.

À l'évidence, il essayait encore de la faire sortir de ses gonds, mais elle s'était prise au jeu. Un petit démon intérieur la poussait à prouver à cet homme qu'elle n'était pas une vieille fille desséchée, incapable d'éprouver des sentiments ou des désirs.

— Qu'est-ce qui vous fait croire que je ne saurais pas faire plaisir à un homme ?

Anthony éclata d'un grand rire.

— Allons, Edwina, que pourrait-on penser d'autre ? Vous êtes un bas-bleu, une vieille fille de trente ans...

— Vingt-neuf.

— ... qui préfère la compagnie des femmes. Vous sortez rarement de chez vous, vous avez des livres plutôt que des amants, et des projets plutôt que des enfants. Je ne vous connais pas d'attachement romantique, et quand je vous ai embrassée, lors de notre première rencontre, j'ai vu de l'amusement dans vos yeux, mais ni désir ou plaisir.

— Vous avez pourtant semblé apprécier la petite scène du bas.

— Scène est le mot qui convient, répliqua-t-il. Ce n'était que du théâtre. Et je jurerais que c'était la première fois que vous faisiez une chose aussi osée. Vous vous êtes retranchée dans un petit monde bien à vous dans lequel personne n'a le droit de pénétrer, à l'exception de Prudence, et de Flora, maintenant.

— Je n'aurais pas le droit d'avoir des amitiés féminines ?

— Je ne serais pas étonné d'apprendre qu'il y a plus que de l'amitié entre Prudence et vous. Vous passez tout votre temps avec elle, et on ne vous voit jamais en société avec aucun homme.

— Et tout cela serait la preuve que je ne sais pas satisfaire un homme ?

— Vous avez presque trente ans, ma chère. Si vous l'avez su un jour, je vous soupçonne de l'avoir oublié.

— Voulez-vous parier là-dessus ?

Anthony se redressa sur le canapé, une lueur d'intérêt dans le regard.

— Un défi ?

— En effet, puisqu'il semble que nous ne puissions pas communiquer autrement. Je vous parie que je sais comment faire plaisir à un homme.

Il la parcourut d'un regard si caressant qu'elle se

demanda un instant si elle ne venait pas de commettre une terrible erreur.

— Vous avez piqué ma curiosité, madame, dit-il de sa voix la plus charmeuse. Et quel serait l'enjeu ?

— Maintenant que nous avons obtenu la collaboration de Raisbeck pour les dessins de mode, il nous faudrait un graveur d'égal renom. Je pense à Benjamin Jarvis. C'est le meilleur, mais il est cher. Si je gagne, je veux que vous me donniez votre accord pour embaucher Jarvis.

— Encore et toujours *La Vitrine*, n'est-ce pas ? Entendu, soupira-t-il. Vous aurez votre Jarvis si vous gagnez. Mais dites-moi, ajouta-t-il en la considérant entre ses paupières mi-closes, comment comptez-vous me prouver votre savoir-faire ?

— Je vais *vous* en faire la démonstration sur-le-champ, monsieur.

8

Lorsqu'elle se leva lentement et s'avança vers lui, Tony sut qu'elle avait déjà gagné. Mais il n'allait certainement pas le lui dire. Il s'agita sur le canapé.

— Ne bougez pas, murmura-t-elle.

Elle s'approcha jusqu'à lui frôler les genoux, puis replia les bras derrière la tête, tel un chat qui s'étire, ce qui eut pour résultat de tendre son châle sur ses seins.

Tony déglutit, et son foulard de cou lui parut soudain trop serré.

Le cliquettement des épingles tombant sur le parquet le fit tressaillir. Il se rendit alors compte qu'elle libérait ses cheveux. Les longues mèches et les nattes se déroulaient une à une. Elle ramena la lourde masse sombre sur son épaule, et y glissa les doigts pour la démêler. Lorsqu'elle eut terminé, elle rejeta la tête en arrière et sa superbe chevelure se déploya autour d'elle en vagues soyeuses.

Tony respirait avec difficulté.

Insinuant le genou entre les siens, Edwina lui écarta les jambes pour y loger les siennes. Elle baissa un instant les yeux, puis croisa son regard avec un sourire malicieux. De toute évidence, l'état d'excitation dans lequel il se trouvait ne lui avait pas échappé. Elle avait gagné, et elle le savait. Elle aurait pu s'arrêter là.

Mais elle n'en fit rien.

Lentement, elle s'inclina sur lui, et il se retrouva bientôt allongé, une jambe tendue le long du dossier du canapé, un pied reposant encore sur le sol. Edwina s'installa entre ses cuisses.

— Voyons à présent ce que nous pourrions faire pour que vous soyez plus à l'aise, Anthony, dit-elle dans un souffle.

C'était la première fois qu'elle prononçait son nom !

Elle entreprit de déboutonner sa redingote, puis posa les mains à plat sur son torse pour en écarter les pans. Il la fixait, comme hypnotisé par l'éclat de ses yeux noirs entre ses paupières à demi closes.

Edwina se pencha et effleurer ses lèvres des siennes. Incapable de résister, Tony l'enlaça, mais elle s'écarta aussitôt.

— Non, Anthony. Je n'ai pas besoin de votre aide. Allongez-vous, et laissez-*moi vous* faire plaisir.

Il obéit et relâcha son étreinte, mais tout son corps restait tendu par le désir.

Avec adresse, elle entreprit de dénouer son foulard. Elle joua avec le tissu, en attacha les pointes sur sa nuque, sous la masse de ses cheveux, si bien que leurs visages se touchaient presque. Elle promena les lèvres sur ses paupières, l'arête de son nez, puis l'oreille, dont elle mordilla doucement le lobe. Tony tenta de capturer sa bouche, mais elle l'évita habilement.

S'étant débarrassée du foulard d'un souple mouvement du poignet, elle s'attaqua à son gilet, puis déboutonna en partie sa chemise. Il ne put retenir un gémissement lorsqu'elle déposa un baiser au creux de son cou.

Elle se redressa alors et lui adressa un regard digne de la plus habile des courtisanes. Les yeux toujours rivés aux siens, elle dégrafa la broche qui retenait son châle et repoussa ce dernier, offrant à Tony le ravissant spectacle de sa gorge dénudée jusqu'à la naissance des seins.

Il en oubliait presque de respirer.

Elle s'inclina de nouveau sur lui, pressant sa poitrine contre son torse. Les yeux clos, il aurait pu s'imaginer qu'ils étaient nus. C'était à peine supportable. D'autant qu'elle déposait sur son cou une pluie de baisers. Spontanément, il tenta de nouveau de la prendre dans ses bras.

— Non, Anthony, le gronda-t-elle. Vous savez que vous ne devez pas m'aider. Mettez les bras derrière la tête et fermez les yeux.

Il s'exécuta et sentit qu'elle lui entourait les mains avec un tissu léger. Sans doute son châle. Pour ce faire, elle s'était hissée au-dessus de lui et ses seins lui frôlaient le visage. Il frotta sa joue contre les globes qui tendaient la fine mousseline et s'apprêtait à déposer un baiser à la naissance du vallon qui les séparait, lorsqu'elle lui enserra les poignets.

Il ouvrit les yeux. Il avait les mains liées à l'accoudoir du canapé !

– Ainsi, vous ne serez plus tenté de participer, sourit-elle. Avez-vous faim, Anthony ?

Elle posa l'index sur sa bouche.

— Non, ne dites rien !

Elle se leva gracieusement, alla jusqu'à la table et revint avec l'un des gâteaux crémeux qui avaient accompagné le thé. Après s'être lovée de nouveau entre ses cuisses, la hanche pressée contre sa virilité en émoi, elle plongea le doigt dans le gâteau, et le ressortit nappé de crème onctueuse. Elle l'approcha de la bouche de Tony qui se mit à le lécher à petits coups de langue. Comme elle le laissait faire, il l'aspira et se mit à le sucer. Les yeux clos, Edwina laissa échapper un petit cri de plaisir qui lui parut encore plus érotique et excitant que tout ce qu'elle avait fait jusque-là.

Elle ôta son doigt et approcha son visage du sien. Cette fois, il en était certain, elle allait l'embrasser.

Mais elle n'en fit rien. Elle tourna légèrement la tête, et balaya de sa chevelure de soie le visage de Tony. Il inspira à fond, submergé par son parfum entêtant, conscient de ses lèvres qui lui caressaient le cou. Au supplice, il arqua le dos pour se presser contre elle. Les lèvres pulpeuses remontèrent jusqu'à son menton, puis s'immobilisèrent au-dessus des siennes... Enfin! songea-t-il.

— Anthony, ronronna-t-elle.

Son cœur allait s'arrêter de battre, cela ne faisait aucun doute.

— Anthony...

Elle pressait ses seins contre sa peau nue, il sentait son souffle tiède se mêler au sien.

— Anthony, est-ce que je vous ai fait plaisir?

— Oh, Seigneur, oui, réussit-il à articuler.

Mais alors qu'il était sur le point de prendre ses lèvres, elle se redressa, bondit sur ses pieds et tira sur sa robe.

— Bien. Alors, j'ai gagné.

Edwina lui détacha les poignets pour récupérer son châle, ramassa sa broche et se dirigea vers la table. Elle réajusta sa tenue promptement, lissa ses cheveux de la main et se versa une tasse de thé, qu'elle porta à ses lèvres en jetant un coup d'œil vers le canapé. Anthony n'avait pas bougé.

— Eh bien, monsieur, est-ce que j'ai gagné mon nouveau graveur?

Il se leva en poussant un profond soupir.

— Madame, en cet instant, vous pourriez me demander tout ce que vous voulez, vous l'obtiendriez.

Elle réprima un sourire. Elle avait dû faire appel à toute sa volonté pour arrêter leur petit jeu à temps. Elle reprit un peu de thé pour se calmer. Cela faisait une éternité que son corps n'avait autant vibré, et elle avait été tentée d'aller plus loin, beaucoup plus loin... Ce qui aurait été une énorme erreur.

— Puis-je espérer que vous ne me prendrez plus pour une vieille fille desséchée ?

Tony reboutonnait son gilet. Il s'arrêta un instant, posa sur elle un regard perçant.

— Après votre démonstration, ma chère, je penserais plutôt le contraire.

Elle fut heureuse qu'il eût repris contenance, et ne vît pas la rougeur qui lui enflammait les joues.

Il alla se planter devant le miroir au-dessus de la cheminée. Son col de chemise ouvert dévoilait la peau hâlée de son cou. Et soudain, un autre cou, une autre peau hâlée lui revinrent en mémoire. L'espace d'un instant, la vision d'un autre homme s'imposa à son esprit. Un homme aussi beau, aussi fort... Elle cligna des yeux, et la vision disparut.

Elle avala une gorgée de thé, et secoua la tête, désorientée. C'était bien Anthony Morehouse qui était devant elle et s'acharnait à nouer son foulard correctement.

— Brinkley va faire la tête quand il verra que j'ai massacré son travail.

— Vous me voyez désolée de provoquer le mécontentement de votre valet.

— Bah ! Il s'en remettra. Quant à moi... c'est une autre histoire.

Il tira les pointes de son col de chemise, réajusta tant bien que mal le foulard, boutonna sa redingote, puis se tourna vers elle. Son regard avait retrouvé son habituelle expression narquoise, mais, cette fois, il y avait quelque chose de plus, nota Edwina. Une trace de ce désir qui l'avait enflammé un peu plus tôt, alors qu'elle pressait son corps contre le sien.

— Il est temps que je prenne congé, annonça-t-il. Je voudrais partir sur de bons souvenirs.

Edwina s'apprêta à le raccompagner. Il s'approcha d'elle, leva la main pour lui caresser les cheveux, puis lui prit le menton.

— Vraiment splendide. Merci, Edwina, de m'avoir prouvé que vous n'étiez pas ignorante des joies qu'un homme et une femme peuvent partager.

— Ce fut un plaisir, monsieur.

— Vraiment ? Je pensais que tout le plaisir n'était que pour moi. En fait, j'en suis même certain.

Il effleura du pouce la commissure de ses belles lèvres pleines.

— À présent, c'est mon tour de vous faire plaisir, ajouta-t-il doucement.

Il prit son visage entre ses mains et l'embrassa.

Seigneur ! C'était précisément ce qu'elle redoutait... et souhaitait tout à la fois.

Ses lèvres étaient si douces... Instinctivement, elle se laissa aller contre lui. En réponse, il glissa sa grande main musclée sous sa chevelure et lui enserra la nuque. Dieu que c'était bon !

Les jambes tremblantes, elle se cramponna à ses épaules et entrouvrit les lèvres. Sa langue y pénétra, et Edwina sentit un brasier s'allumer dans ses veines.

Il enfouit les doigts dans ses cheveux, la plaqua contre lui, sans interrompre leur baiser. Elle s'abandonnait totalement, lui répondait avec passion, explorant sa bouche comme il explorait la sienne.

Tony lâcha ses lèvres aussi doucement qu'il les avait prises, et la regarda au fond des yeux.

— Ah oui, murmura-t-il d'une voix rauque. Voilà la lueur que j'aime voir s'allumer dans les yeux d'une femme lorsque je l'embrasse. J'ai sans doute été plus habile que la première fois.

Edwina était incapable d'articuler une parole. Il sourit, lui caressa la joue, puis la relâcha. Elle dut se raccrocher à la table pour ne pas chanceler.

— Je dois partir, ma chère. Merci pour cet après-midi... enchanteur.

Il s'inclina, tourna les talons, et sortit.

Edwina se laissa choir sur une chaise en tentant de se ressaisir. Dieu, quelle idiote ! Elle n'avait pu aligner trois mots sensés pour reprendre l'avantage. Car c'était bien de cela qu'il s'agissait ! Tout n'était que compétition entre eux, et il l'avait battue, finalement !

Elle était bouleversée ! En proie au plus total désarroi ! Et cela, elle ne l'avait pas prévu. Elle s'était juré de ne plus jamais éprouver ces sentiments chaotiques, cette tempête des sens, cette confusion... tout ce qu'elle ne pouvait contrôler. Et qui l'effrayait.

Elle ne souhaitait rien d'autre qu'un flirt anodin, et prendre l'homme à son propre piège. Mais elle s'était fourvoyée. Le jeu s'était révélé plus que dangereux. Sa gorge serrée, son estomac noué et ses genoux flageolants le lui prouvaient. Elle refusait encore de mettre un nom sur ce sentiment qui la faisait osciller entre confusion et excitation, anxiété et émerveillement, mais elle le détestait déjà.

Grands dieux ! Elle était en train de tomber amoureuse d'Anthony Morehouse !

Tony s'allongea voluptueusement dans la baignoire de cuivre. Brinkley avait fait une vilaine grimace en voyant le foulard de son maître aussi mal arrangé, mais il s'était abstenu de tout commentaire, se contentant de lui proposer un bain chaud. Le brave homme imaginait certainement qu'il s'était passé bien plus qu'un simple badinage dans le salon de Golden Square.

Un simple badinage, vraiment ? Tony avait failli avoir une attaque ! Dieu, quel après-midi ! Il se remémora la « démonstration » d'Edwina, revivant les moindres détails avec délices. Jamais il n'aurait osé rêver spectacle aussi érotique.

Cette diablesse de femme était une véritable ensorceleuse. Et il était plus que prêt à succomber à ses charmes dès que l'occasion se présenterait.

La connaissant, il aurait dû se douter qu'elle prendrait le contrôle de la situation. Décidément, Edwina Parrish aimait dominer. Il était curieux de savoir comment elle se comporterait lorsqu'il lui ferait l'amour – car il y comptait bien ! Lui laisserait-elle prendre quelque initiative, cette fois ?

Si excitante fût-elle, sa démonstration de charme ne lui avait pas apporté la preuve qu'il recherchait, à savoir : pouvait-elle désirer un homme ? Il soupçonnait la vérité, certes, mais quelques doutes subsistaient, que leur baiser d'adieu lui avait définitivement enlevés. Oui, elle pouvait désirer un homme, et pourquoi pas lui, si elle acceptait enfin de s'abandonner à sa véritable nature.

Tony se demandait ce qui avait bien pu lui arriver pour qu'elle eût ce besoin maladif de toujours tout maîtriser. À en croire Nicolas, elle avait changé depuis son retour de France. Que s'était-il donc passé là-bas ? La violence des événements et le fait d'avoir vu ses idéaux bafoués avaient dû profondément l'affecter, mais ce n'était pas tout, devinait-il.

Il ferma les yeux et se rappela comment, un instant, elle avait baissé sa garde. Elle lui avait rendu son baiser, et avec quelle fougue ! mais elle s'était sans doute laissée surprendre par le plaisir. Car il y avait eu du plaisir entre eux, un incroyable plaisir. Et pourtant, il aurait juré que cela l'avait effrayée.

Pauvre Edwina ! Si passionnée, et cependant incapable de lâcher prise. Il voulait faire plus pour elle que lui laisser le magazine. Il voulait la libérer. L'aider à briser ces chaînes qui l'empêchaient d'exprimer la passion qui l'habitait, de laisser libre cours à ses sentiments. Il voulait aussi lui apprendre qu'elle ne risquait rien à laisser quelqu'un d'autre prendre les choses en main de temps à autre.

Il n'était pas certain de savoir ce qui le poussait à vouloir agir ainsi. Bien sûr, elle avait allumé un incendie en lui, mais il y avait plus que cela. Il l'aimait sincèrement. Il lui vouait une affection particulière, peut-être parce qu'il l'avait connue enfant.

Il sortit du bain et Brinkley l'aida à s'habiller pour la soirée. Il n'avait aucun projet précis. Le plus sage aurait été de trouver une femme pour le soulager de la tension accumulée au cours de l'après-midi, mais il savait qu'il n'en ferait rien. Il avait soif d'autre chose que d'une femme consentante dans un lit accueillant

En réalité, seule Edwina aurait pu étancher la soif qui le tenaillait.

La plupart des gens le prenaient pour un libertin, à tort, cependant. Ses relations avaient duré plus ou moins longtemps, mais il était toujours resté fidèle à sa compagne. En fait, il avait enchaîné les liaisons monogamiques, et de très rares aventures d'une nuit.

Il préférait apprendre à connaître une femme, passer du temps avec elle.

La soirée commença au *White*, comme de coutume. Tony se dirigeait vers une table de jeu lorsqu'il se heurta à Victor Croyden.

— Bonsoir, Morehouse. Vous allez faire un whist ?
— Possible.
— Vous espérez gagner un magazine masculin, cette fois ?

Croyden lui tapa dans le dos en riant de sa bonne plaisanterie.

— Je crois que je vais m'en tenir aux mises habituelles, riposta Tony. C'est moins compliqué.
— Ah ? Auriez-vous des problèmes avec ces dames de *La Vitrine* ?
— Pas précisément. Pour tout dire, le magazine se révèle plus lucratif que prévu.

Croyden afficha une expression intéressée.

— Ah, oui ? Comment cela ?
— Il y a eu quelques changements. J'espère voir doubler le nombre d'abonnements d'ici novembre.
— Doubler ? Je n'en espérerais pas autant à votre place, s'esclaffa Croyden. Mais il est vrai que vous ne connaissez pas grand-chose dans ce domaine, n'est-ce pas ?
— Pour le moment, reconnut Tony. Mais j'apprends. Et j'ai confiance dans le talent de votre nièce pour faire de cette entreprise un énorme succès.
— Entre nous, Morehouse, et c'est un conseil d'ami, ne misez pas trop sur cet essaim de vieilles filles pour mener à bien un travail d'homme. Si vous voulez vraiment faire du profit, engagez un nouvel éditeur.
— Je n'en vois pas l'intérêt. Mlle Parrish fait un excellent travail. C'est grâce à elle que les souscriptions ont augmenté. Elle a développé la rubrique de

mode, et attiré de nouveaux annonceurs. Les bénéfices ont augmenté.

— Diable, Morehouse ! Je ne serais pas contre vous racheter le magazine. À moins que vous ne préfériez le remettre en jeu dans une partie de whist. Qu'en dites-vous ?

— Si je devais le revendre, ce serait à Mlle Parrish. Elle est à l'origine de son succès, ce ne serait que justice.

— Le vendre à ma nièce ! s'étrangla Croyden. Êtes-vous devenu fou ?

— Pas le moins du monde. En réalité, je songe à le lui céder gracieusement.

— Ça, par exemple ! Je n'ai jamais rien entendu de plus inepte. Enfin, Morehouse, une femme ne devrait même pas être autorisée à diriger une entreprise !

— Il me semble pourtant que c'est une femme qui la dirige depuis des années, et que vous n'avez éprouvé aucun scrupule à empocher les bénéfices, rétorqua sèchement Tony. Alors, je vous le répète, Croyden, vous ne récupérerez pas le magazine, et je le donnerai à votre nièce, que cela vous plaise ou non.

Croyden faillit s'étouffer. Son cou se gonfla comme celui d'un pigeon. Il bredouilla quelques paroles incompréhensibles, s'inclina brièvement et s'éloigna sans demander son reste.

Ian Fordyce avait surpris la fin de la conversation. Il attrapa Tony par le coude et l'entraîna vers deux fauteuils inoccupés dans un coin tranquille.

— Que t'arrive-t-il, mon vieux ? Tu prends toute cette histoire un peu trop à cœur, il me semble. Je t'avais prédit des ennuis, les voilà !

— Je n'ai pas d'ennuis, Ian. Je n'aime pas ce Croyden, c'est tout. Ni la façon dont il a profité de sa nièce.

— Tu te montres terriblement protecteur avec elle, non ?

Tony ne put s'empêcher de rire.

— Edwina Parrish n'a nullement besoin qu'on la protège, je te le garantis.

— Mais il se passe quelque chose, n'est-ce pas ? insista Ian. Ma parole, Tony, tu es amoureux d'elle, non ?

— Je ne sais pas, Ian. Peut-être. Je ne sais pas.

Et c'était la vérité. Il ne s'était pas encore interrogé sur ses sentiments. Il se pouvait bien, en effet, qu'il fût un peu amoureux d'Edwina Parrish.

— Peut-être ? Tu es fichu, mon vieux ! gloussa son ami. Mais, bon, il paraît que c'est une beauté.

— Elle est époustouflante...

Surtout avec ses cheveux défaits et ses yeux brillants de désir, songea-t-il.

— Mais il n'y a pas que cela. Je l'aime beaucoup. Elle est si... originale ! Elle n'a que faire de la société et des convenances.

— On pourrait dire la même chose de toi. Tu as peut-être trouvé l'âme sœur !

— Oh, non. Nous sommes très différents, contra Tony. Elle méprise la bonne société parce qu'elle veut la changer. Elle se soucie vraiment des conditions de vie des ouvriers et des paysans, et de l'éducation des pauvres. Je suis loin d'être aussi altruiste. Si je me moque de la bonne société, c'est uniquement...

Il avait failli dire « à cause de mon père ». Ce qui n'avait aucun sens !

Ian termina sa phrase à sa place.

— Parce que cela fait si longtemps que c'est devenu une seconde nature chez toi. Je me souviens quand tu as été renvoyé de Cambridge pour avoir transformé ta chambre en tripot. On aurait dit que c'était le grand moment de ta vie.

— Ça l'était, d'une certaine façon. Cela prouvait que mon père avait eu raison à mon sujet.

— Dieu, je me souviens de sa colère ! s'exclama Ian. Mais tu as toujours aimé jouer les mauvais fils.

Un serveur apportait deux verres de sherry. Tony réchauffa le sien dans sa main un instant, l'air pensif.

— En réalité, je n'ai jamais vraiment pris plaisir à mettre mon père en colère, avoua-t-il. C'était simplement inévitable. Je n'aurais jamais pu être le fils qu'il désirait.

— Et tu as trouvé en Mlle Parrish une autre personne qui vit en marge de la bonne société.

— C'est possible. Encore que son dédain des conventions tire son origine de certains principes, et d'une éducation qui n'a rien à voir avec la mienne. Je ne crois pas qu'elle soit délibérément rebelle, contrairement à moi. C'est sa nature, tout simplement. Elle est indépendante, sûre d'elle, généreuse.

— Écoute-toi, Tony ! Tu es amoureux, je t'assure.

Il secoua la tête.

— Je me suis entiché d'elle, c'est certain. Et je la désire follement.

Ian arborait un air dubitatif.

— Je te connais depuis trop longtemps, mon vieux. Je sais reconnaître les signes, ajouta-t-il avant d'avaler son verre d'une traite. Au fait, où en êtes-vous avec votre pari ?

Tony se rappela la scène de l'après-midi, et une bouffée de désir le submergea. Il prit une gorgée de sherry.

— Il tient toujours. Mais c'est différent, à présent. Au début, je voulais juste l'agacer, la pousser à bout, pour me venger des humiliations subies dans mon enfance. Et puis, je voulais récupérer cette maudite Minerve. Mais maintenant…

— Maintenant, c'est elle que tu veux.

Tony jeta un regard à son ami, et lâcha dans un soupir :

— Hélas, oui, Ian.

— Et est-ce que tu ne vois en elle qu'un nouveau défi ? Je sais que tu adores le frisson que procure le jeu, mais que feras-tu si la chance t'abandonne ? Es-tu préparé à échouer avec Mlle Parrish ?

— Je ne sais pas. Et je ne comprends pas totalement quels sont les enjeux. C'est pourquoi je ne peux pas encore définir ce que serait un échec. Cependant, je commence à croire qu'elle ne refuserait pas de devenir ma maîtresse.

Ian le dévisagea d'un œil sceptique.

— Et c'est vraiment tout ce que tu veux obtenir d'elle ?

— Je ne sais pas.

— Encore ! C'est tout ce que tu sais dire ce soir. En tout cas, toute cette incertitude me conforte dans l'idée que tu es amoureux d'elle. Je pense simplement que tu ne l'as pas encore admis.

— Et moi, je pense que tu devrais te mêler de tes affaires, riposta Tony.

Ian éclata de rire.

— Ah ! Maintenant, je suis sûr que c'est sérieux. Mais je ne te harcèlerai plus. Je te laisse résoudre seul ton problème.

Tony n'avait pas vraiment envie de résoudre quoi que ce fût. Il aimait que les choses soient simples. Il désirait comme un fou, et cela, c'était simple. Mais voulait-il plus que la mettre dans son lit ? La voulait-il dans sa vie ? Était-il prêt à s'engager corps et âme ? Et Edwina, que souhaitait-elle ? Que se passerait-il s'il l'aidait à briser ses chaînes invisibles, et qu'elle en profite pour voler de ses propres ailes, loin de lui ?

Que de questions sans réponses ! Bon sang, rien n'était simple dans cette histoire !

9

— Avez-vous attiré Anthony dans votre lit ?

Edwina, qui examinait des dessins étalés sur la table de la salle à manger, leva les yeux.

— Je vous demande pardon ?

— Je ne devrais pas m'en mêler, bien sûr, reconnut Flora avec un sourire contrit, mais je ne peux m'en empêcher. J'aime beaucoup Anthony, vous savez, et cela saute aux yeux que vous êtes attirés l'un par l'autre. Voilà pourquoi je me demandais si cette attirance vous avait déjà conduits jusqu'à la chambre à coucher.

Inutile d'objecter que cette conversation était déplacée. Edwina connaissait maintenant le franc-parler de sa collaboratrice, pour qui aucun sujet n'était trop intime. Paradoxalement, pourtant, celle-ci était un modèle de discrétion. Lorsque Edwina lui avait suggéré en plaisantant d'écrire ses mémoires, Flora avait déclaré, outrée, qu'elle ne divulguerait jamais aucun secret d'alcôve. Elle avait un grand sens de l'honneur, et Edwina appréciait cette qualité.

— Je ne couche pas avec Anthony, répondit-elle. Ce serait de la folie. C'est mon employeur, et je vous rappelle qu'il tient mon avenir entre ses mains.

— Bah ! Un stupide pari que vous êtes certaine de gagner. Vous ne devriez pas laisser cela vous priver des plaisirs de la vie.

Edwina aurait aimé partager la certitude de Flora. Le nombre d'abonnements continuait certes d'augmenter, mais pas suffisamment vite, si bien qu'il lui arrivait d'envisager sérieusement une autre éventualité, qui la chagrinait fort : être contrainte de travailler pour Anthony Morehouse encore bien des années.

— Ce ne serait pas sage que nous soyons intimes lui et moi, s'entêta-t-elle.

— Peut-être *après*, alors ? Quand vous aurez gagné.

Edwina se mit à rire.

— Flora, je suis une vieille fille, rappelez-vous. Et sans vouloir vous offenser, je ne suis pas comme vous. Je ne saute pas dans le lit du premier homme venu, si attirant soit-il.

— Mais cela vous est bien arrivé une ou deux fois, non ?

— Flora !

— Ce n'est pas possible autrement. Regardez-vous ! Vous êtes l'une des plus belles créatures que j'aie jamais vues. Vous avez dû chasser les hommes qui vous harcelaient à coups de bâton. Je sais bien que vous êtes célibataire – encore que je me demande pourquoi ! – mais cela ne veut pas dire que vous soyez vierge. Seigneur ! Vous rougissez. Ne me dites pas que vous êtes encore vierge ?

— Aborder de tels sujets n'est pas convenable.

— Et moi qui pensais que vous étiez une femme moderne, et éclairée ! Soit, ne me répondez pas, mais vous savez, ma chère, j'ai beaucoup vécu, et j'ai appris une ou deux petites choses en cours de route.

Elle prit un dessin qu'elle feignit d'étudier attentivement.

— Au sujet des vieilles filles, par exemple, continua-t-elle. Il y a celles qui rient sottement et se tortillent dès qu'un homme est dans les parages, parce qu'elles ne savent pas comment se comporter et qu'il les intimide. Ensuite, il y a celles qui détestent les hommes pour une raison ou une autre, peut-être parce qu'ils ne les ont pas remarquées. Celles-là sortent leurs griffes, et font fuir tous ceux qui les approchent.

Elle prit un autre dessin pour le comparer avec le premier, puis regarda Edwina droit dans les yeux.

— Et il y a une troisième catégorie, à laquelle vous appartenez. Ces femmes-là ont choisi le célibat. Elles ont goûté aux plaisirs de la vie, mais ont décidé de ne pas s'engager envers un seul homme.

Edwina haussa les épaules.

— J'ai en effet choisi de ne pas me marier.

— C'est bien ce que je pensais. Je vous ai observée, et tout spécialement avec Anthony. Les hommes ne vous intimident pas, et vous ne les détestez pas. Vous êtes à l'aise avec eux, et vous contrôlez vos réactions, même si elles sont d'ordre sexuel.

Edwina repensa au baiser d'Anthony. Elle n'avait, hélas, pas su contrôler ses réactions. Elle croyait qu'après tant d'années les sensations se seraient émoussées, mais ce n'était pas le cas. Bien au contraire...

— Vous devriez écrire, Flora. Vous avez beaucoup d'imagination.

— Oh, vous me décevez, ma chère. Vous n'avez pas l'intention d'admettre quoi que ce soit, n'est-ce pas ? Vous êtes bien décidée à vous accrocher à votre personnage de célibataire respectable. J'aurais tellement aimé entendre l'histoire d'une grande passion. Ou de deux !

— Il n'y a rien à raconter.

Rien en tout cas qu'elle souhaitât révéler.

— Eh bien, peut-être y aura-t-il quelque chose bientôt, rétorqua Flora en souriant.

— Cela ne m'intéresse pas de prendre Anthony pour amant.

— Et pourquoi pas ?

Flora écarquillait les yeux en signe d'incrédulité.

— Ne me dites pas que vous continuez à attendre le mariage ! À votre âge !

Edwina étouffa un petit rire. Elle avait vingt-neuf ans, et on aurait dit qu'elle était presque à la fin de sa vie, à en croire son entourage !

— Je n'attends pas non plus le mariage.

— Alors, vous êtes stupide, ma fille. Si vous ne voulez pas de mari, vous auriez bien tort de ne pas prendre cet homme pour amant. Vous pourriez faire un plus mauvais choix, croyez-moi. Anthony sait s'y prendre avec les femmes.

— Est-il... êtes-vous... ?

Edwina sentit le rouge lui monter aux joues, et ne put se résoudre à poser la question qui lui brûlait les lèvres.

— Est-il mon amant ? dit Flora tranquillement. Non. Il l'a été, il y a des années. Nous sommes devenus amis. Anthony a besoin d'une femme qui s'engage complètement, et qui lui soit fidèle. Ce dont j'étais incapable.

Cette déclaration laissa Edwina perplexe. Comment un homme qui ne vivait que de jeux de hasard pouvait-il désirer s'engager durablement avec une femme ? C'était paradoxal. Mais peut-être avait-il simplement besoin d'un ancrage, ce qui ne signifiait pas qu'il fût fidèle en retour.

Mais en quoi cela lui importait-il ? Elle n'attendait rien de lui, en dehors de *La Vitrine*.

— Je n'étais pour lui qu'une manifestation supplémentaire de sa rébellion, poursuivit Flora. Il s'est débrouillé pour que notre liaison soit connue de tous, et surtout de son père. Il provoquait la colère de celui-ci si souvent sans même le vouloir qu'il a fini par le faire délibérément. Pauvre Anthony, il n'est jamais parvenu à contenter cet homme.

— C'est un joueur, souligna Edwina. Je pense que cela déplairait à n'importe quels parents.

— Certes, sauf que c'est son père qui l'a poussé dans cette voie.

Edwina haussa les sourcils, sidérée.

— Son père l'a encouragé à jouer ?

— Pas au sens propre. Mais Sir Frederick est un homme écrasant, et pétri de valeurs traditionnelles. Il déteste la frivolité, l'insouciance… et les Français, bien entendu ! Anthony a fait quelques faux pas dans sa jeunesse, et il ne le lui a jamais pardonné. Il a réduit à néant ses rêves en clamant sans cesse qu'il ne ferait jamais rien d'utile. C'est ainsi qu'Anthony a pris l'habitude de faire ce à quoi son père s'attendait. Et je lui en ai fourni l'occasion.

À écouter Flora, sous ses apparences de dandy insouciant et sûr de lui, Tony était conscient d'avoir raté sa vie. Edwina avait du mal à le croire, elle qui n'avait vu en lui qu'un autre de ces jeunes gens privilégiés qui ne vivaient que pour le plaisir. Elle aurait voulu en savoir plus, mais ne s'était déjà montrée que trop indiscrète.

— Pardonnez-moi, Flora. Vos relations avec Anthony ne me regardent en rien. À présent, que diriez-vous de sélectionner les planches à paraître dans le prochain numéro ?

— Comme vous voudrez, répondit Flora. Il nous faut bien sûr une robe de jour et une tenue de soirée.

— Elles sont toutes si belles, et Raisbeck a un tel talent !

— Regardez ces visages ! Vous devriez lui commander votre portrait, Edwina.

— Je ne veux pas de portrait de moi, riposta Edwina en souriant.

— Alors peut-être pourriez-vous lui servir de modèle pour l'une des planches du magazine.

Edwina gloussa

— En ce cas, j'aurais besoin de conseils pour m'habiller. Comme vous l'avez sans doute remarqué, je n'ai aucun don en matière de mode, et aucun style.

— Avec votre physique, ma chère, vous n'avez pas à vous inquiéter d'un quelconque style! En revanche, si vous souhaitez des conseils, pour une éventuelle soirée avec Anthony, par exemple, je me ferai un plaisir de vous aider.

— Cela n'est pas prévu. Il m'a simplement emmenée au parc une ou deux fois. Alors, quelle robe du soir choisissons-nous?

— Est-ce qu'il vous a embrassée?

— Oh, Flora! s'exclama-t-elle, avant d'ajouter avec un soupir : Puisque vous voulez tout savoir, il m'a embrassée la première fois qu'il est venu ici.

— Voilà qui ne m'étonne pas. Il a l'esprit vif. C'est pour cela qu'il a un tel succès au jeu. Et a-t-il recommencé? Allons, ma chère, ne faites pas la timide. Souvenez-vous qui je suis, que diable! Et puis, nous sommes entre femmes, entre amies.

— Eh bien… oui, souffla Edwina, il m'a embrassée une autre fois.

— Et?

Et elle était sens dessus dessous depuis. Elle avait l'esprit confus, éprouvait des difficultés à se concentrer. Son esprit vagabondait, elle frissonnait et rougissait dès qu'elle se remémorait cet instant. Et elle se sentait aussi stupide qu'une gamine de seize ans qui vient de recevoir son premier baiser!

Huit années durant, elle avait dominé ses émotions et ses passions. Elle ne voulait plus jamais être en proie à un tel chaos intérieur.

Pourtant ce baiser avait réveillé en elle tant de délicieuses sensations ! Lorsqu'il l'avait si hardiment embrassée, la première fois, Anthony avait réussi à percer une brèche dans son armure. Armure qu'il lui avait quasiment ôtée la deuxième fois, sans qu'elle fasse rien pour l'en empêcher ! Quelle folle elle était ! Succomber de nouveau à ses sentiments serait trop facile. Et trop dangereux.

C'est pourquoi elle avait soigneusement évité de se retrouver seule avec lui depuis...

— Et ? insista Flora. Avez-vous aimé ce baiser ?

— Oui, avoua Edwina. À présent, le sujet est clos. Mettons-nous au travail, et choisissons cette robe du soir.

Flora en proposa une sans hésiter, et Edwina l'approuva.

— Il reste un problème à régler, annonça-t-elle. Avec l'augmentation du nombre d'abonnements, nous avons près de trois mille gravures à colorier. Imber m'a fait savoir qu'il ne pouvait pas se charger d'un tel travail. Il n'a pas suffisamment de personnel. Nous allons donc devoir engager des coloristes. Je songe demander à Prudence de s'en charger.

— Ah ! Prudence ! En voilà une qui ne refuserait pas un baiser, surtout de la part de votre frère, un beau garçon, soit dit en passant !

Edwina sursauta.

— Prudence et mon frère ? Ne soyez pas ridicule !

— Cela n'a rien de ridicule. Elle peut tout juste prononcer une parole en sa présence. Bien entendu, il la remarque à peine, la pauvre petite ! Il va falloir que je lui enseigne une ou deux petites choses pour attirer son attention.

Edwina était stupéfaite. Prudence et Nicolas ! Elle ne s'était aperçue de rien. Était-elle à ce point absorbée par son travail qu'elle ne soit plus capable de voir ce qui se passait autour d'elle ?

— Prudence sait-elle où dénicher des coloristes ? s'enquit Flora.

Edwina n'était pas encore revenue de sa surprise.

— Pardon ? Oh, je ne sais pas...

— Où peut-on en trouver, et quels sont les talents requis ?

Edwina haussa les épaules.

— Il faut être soigneux, et aussi un peu familiarisé avec l'aquarelle. Ce sont en général des jeunes filles qui se présentent. Elles sont payées à la feuille. Nous pourrions passer une annonce dans les quotidiens.

Flora réfléchissait.

— Est-ce qu'elles pourraient travailler ici ? demanda-t-elle.

— Pourquoi pas ? Elles ne viendraient que quelques jours par mois. Nous n'utilisons plus la salle à manger.

— Combien pensez-vous en engager ?

— Cinq ou six.

— Dans ce cas, considérez que je les ai trouvées.

— Flora, vous êtes merveilleuse ! Nous aurons probablement les gravures la semaine prochaine. Croyez-vous qu'elles pourraient commencer jeudi ?

— Elles seront là, et elles feront une entrée remarquée.

— Mlle Parrish est dans le jardin, derrière la maison, monsieur.

— Merci, Lucy.

Tony posait son chapeau et ses gants sur la petite table du hall, lorsqu'un bruit de voix provenant de la salle à manger retint son attention.

— Tu es sourde ou quoi ? Elle a dit qu'elles devaient être roses, pas rouges !

Intrigué, Tony tendit l'oreille.

— Je sais, mais qui voudrait des mules de cette couleur, si elle peut avoir des rouges ?

— Discute pas, Sadie. On t'a dit de mettre du rose.

— Et ton ruban, à toi ? De quelle couleur elle le voulait ?

— J'en sais rien. Je l'ai fait en jaune.

— Le mien, je crois que je vais le faire vert.

— Alors, pourquoi pas des mules rouges ?

— Parce que si tu veux être payée, elles doivent être roses, bon sang !

— Et je pourrais pas ajouter des rayures rouges ?

Un concert de rires rauques accueillit la remarque. Tony ne put résister à l'envie de jeter un coup d'œil par la porte entrebâillée, et la surprise le cloua sur place. Six femmes débraillées, qui semblaient tout droit sorties des allées mal famées autour de Covent Garden, s'affairaient, armées de pinceaux et de couleurs.

L'une d'entre elles l'aperçut soudain.

— Hé, voyez donc qui vient nous rendre visite !

— Mince alors ! Regarde, Madge ! Ce gars est de la haute ! Vise ses chaînes de montres.

— Oh ! Et il est mignon en plus !

— Sûr qu'il est plus joli que toi, Sadie.

— Je partagerais bien mon ragoût avec lui !

Les rires redoublèrent. Une fille lui fit signe d'avancer et susurra :

— Entrez, *mon cher*. On va pas vous manger.

Tony n'en était pas certain.

— Peut-être plus tard, mesdames. Je vous souhaite le bonjour.

Il y eut de nouveaux éclats de rire, et Tony se hâta jusqu'à la porte qui menait au jardin en se demandant ce que diable tout cela signifiait.

Il s'immobilisa sur le seuil et oublia ce qu'il venait de voir. Grand comme un mouchoir de poche, arrangé à la française, le jardin était un enchantement. Le mur de clôture disparaissait presque entièrement derrière des poiriers en espaliers, chaque carré de pelouse était entouré de rosiers fleuris, et une petite statue de Diane trônait à l'intersection des allées gravillonnées.

Edwina lui tournait le dos, occupée à arracher des mauvaises herbes, son ravissant derrière se trémoussant sous l'effort. Elle avait enfilé un tablier vert sur sa robe blanche, et un chapeau de paille à large bord emprisonnait sa chevelure. Elle lui parut encore plus belle dans ce cadre bucolique, et il demeura silencieux à savourer l'instant.

Il était ravi d'être enfin seul avec elle, ce qui s'était rarement produit depuis ce fameux après-midi. Il avait en tête de lui faire quitter sa tanière pour passer une soirée entière en sa compagnie. Au théâtre, à l'Opéra, ou ailleurs. Il avait envisagé un nouveau pari, mais craignait de la lasser. En outre, il voulait qu'elle accepte son invitation de son plein gré, sans y être contrainte.

En attendant, il se repaissait du délicieux spectacle qui lui était offert.

Le bruit de ses bottes sur le gravier la fit se retourner. Elle lui sourit, et il éprouva un regain d'assurance. Il alla droit vers elle, se pencha et l'embrassa sur les lèvres. Un baiser léger, rapide, et cependant tendre.

— Vous êtes décidément incorrigible, monsieur.
— Je sais, mais vous êtes une trop belle jardinière

pour que je puisse résister. Je ne vous connaissais pas ce talent.

— Travailler la terre m'apaise, et j'aime être au grand air. Je m'installe souvent sur le banc de pierre pour lire.

— C'est un très joli jardin.

— Vous trouvez ?

Elle parcourut le petit carré du regard et haussa les épaules.

— Je me rends bien compte qu'il n'est pas dans le goût actuel, mais l'espace est trop petit pour adopter ce style sauvage et naturel qui plaît tant. De plus, je préfère l'harmonie au désordre. Voilà pourquoi je faisais la chasse aux mauvaises herbes, ajouta-t-elle avec un sourire malicieux.

— À propos de désordre, que fabrique donc cette brochette de dames de petite vertu dans votre salle à manger ?

Edwina éclata de rire.

— Elles sont plutôt... colorées, n'est-ce pas ? Eh bien, cher monsieur, vous avez rencontré notre nouvelle équipe de coloristes.

— Hum ! Je subodore que Flora est derrière tout cela.

— En effet. Le volume de travail a tellement augmenté que nous avions besoin d'aide.

— Vraiment ? Serais-je en passe de perdre mon pari ?

— Figurez-vous que nous approchons des trois mille abonnés.

Tony écarquilla les yeux.

— Seigneur ! Je suis en danger de perdre la Minerve, semble-t-il. Il va falloir que je reprenne l'avantage. Mais dites-m'en plus au sujet de ces... coloristes.

— Flora les a connues il y a fort longtemps. Et si incroyable que cela paraisse, elle ne les a jamais perdues de vue. Elle s'en est occupée, à sa façon. À sa place, la plupart des femmes auraient rompu tout lien.

— Flora est une personne extraordinaire.

Edwina le dévisagea un instant, et Tony comprit que les deux femmes avaient parlé. Mais peu importait, après tout. Elle aurait su un jour ou l'autre. Du reste, sa liaison avait été publique, et il n'en n'avait pas honte. Il espérait simplement que Flora n'avait pas révélé quel amant maladroit il était à ses débuts…

— En effet, c'est vraiment une femme remarquable, renchérit Edwina. Et lorsqu'elle m'a proposé de leur offrir un travail plus respectable, ne serait-ce que pour quelques jours, je n'ai pu qu'approuver. Bien entendu, elle a choisi celles qui avaient quelque talent en peinture.

— Je crains, hélas, qu'elles ne soient moins douées pour appliquer des consignes.

— Que voulez-vous dire ?

— Il se trouve que j'aie surpris une conversation. J'ai peur qu'elles ne prennent quelques libertés avec les couleurs. Des mules rouges, par exemple.

— Des mules rouges ?

Edwina réprima un fou rire.

— Mon Dieu ! Je ferais mieux d'aller y voir de plus près. Venez avec moi, Anthony, que je vous présente à ces « femmes de mauvaise vie ».

Elle se débarrassa de son tablier et de son chapeau, et fit bouffer ses cheveux – pour lui ? s'interrogea-t-il avant de lui emboîter le pas.

Un joyeux brouhaha les accueillit dans le couloir, mais en arrivant à la salle à manger, ils purent constater que les filles travaillaient consciencieusement tout en discutant.

— Alors, mesdames, comment les choses avancent-elles ?

Toutes levèrent la tête d'un même mouvement, et six paires d'yeux convergèrent vers Tony, qui se sentit littéralement déshabillé du regard.

Une femme aux formes rebondies, qui semblait être le porte-parole du groupe, répondit :

— Nous avons bien avancé, mademoiselle. Regardez.

Edwina s'empara d'un paquet de gravures sur la table et les examina.

— Oh !

Sa voix et son attitude dénotaient une certaine perplexité. Tony lança un coup d'œil par-dessus son épaule, et faillit éclater de rire.

Châles, rubans, mules, capelines et gants, tout n'était que tons vifs et couleurs hardies. Il y avait du jaune, de l'orange criard, du violet profond, parfois du vert pomme... et surtout du rouge !

Edwina eut un haussement d'épaules résigné et sourit.

— Eh bien, c'est très bien peint, et... très coloré.

— On a mélangé un peu les couleurs, j'en ai peur, fit Madge en repoussant une mèche échappée de son chignon. J'ai pas réussi à me souvenir de ce que vous avez dit, et aucune de nous sait assez bien lire pour déchiffrer vos indications.

— Oh, naturellement, je vous prie de m'excuser, dit Edwina, confuse et peinée. Je n'avais pas songé à cela. La prochaine fois, nous vous fournirons un modèle coloré à recopier.

— Ce sera bien, mais comme ça, c'était plus drôle. On a pu laisser aller notre imagination.

— Les couleurs pâles attirent pas assez l'œil, mademoiselle, intervint une rousse à la poitrine généreuse. Je pense qu'il faut des couleurs vives.

— Vous avez bien fait. C'est très joli.

Edwina lança un coup d'œil sceptique à Anthony.

— Je suis d'accord avec Mlle Parrish, acquiesça-t-il.

— Mesdames, je vous présente M. Morehouse, le propriétaire de *La Vitrine des élégantes*.

— C'est vraiment lui ?

— Ce si bel homme ?

— Ça alors !

Edwina sourit et désigna l'une des femmes à Tony :

— Voici Madge, qui a accepté de superviser le travail à ma place, ce dont je lui suis très reconnaissante.

— Bonjour, Madge, fit Tony en s'inclinant.

— Bonjour à vous, m'sieur, répondit-elle en l'étudiant d'un regard appréciateur. Ça fait bien longtemps qu'un si beau diable m'a pas payée pour travailler, ajouta-t-elle avec un clin d'œil.

— Mais il s'agit d'un travail honnête, Madge.

— Oui. Grand merci. Je me fais trop vieille pour le travail de nuit.

— Et voici Ginny.

Edwina indiqua de la main une brune un peu plus jeune avec une tignasse ébouriffée. Celle-ci battit des cils et plongea la main dans son corset pour remonter ses seins.

— Bonjour, beau gosse. Moi, je suis pas encore trop vieille pour travailler la nuit, si ça vous intéresse.

Tony la gratifia d'un sourire embarrassé. Edwina, qui semblait beaucoup s'amuser, vint à son secours.

— Je vous présente Polly. C'est elle qui peint les visages, et je dois dire qu'elle est très douée pour cela.

La fille était maigre, elle avait des cheveux blond paille, des yeux chassieux, et elle paraissait souffreteuse.

— Bah ! Les figures sont si jolies que c'est un plaisir. Et je suis payée pour ça, en plus ! C'est presque pas normal.

— Dis pas de bêtises, Polly, lança Madge. C'est tout à fait normal.

— Évidemment, renchérit Edwina. Vous avez un réel talent, croyez-moi. Ce n'est pas si facile de rendre la carnation d'un visage.

— Je les trouve vraiment très belles, déclara Tony. Ravi de faire votre connaissance, Polly.

— Voici Bess, et Marguerite.

La première était une grosse fille débraillée aux joues rouges. Elle sourit et Tony vit qu'il lui manquait une dent. La seconde était une brune au visage dur encadré de longues anglaises.

— Bonjour, Bess. Vous avez un joli prénom, Marguerite.

— Ma mère allait souvent en France, minauda cette dernière.

— Allons donc, ricana Ginny. La seule fois où ta mère a voyagé, c'est quand un type en goguette a lancé une bouteille vide par la portière d'un fiacre, et qu'elle l'a reçue sur la tête.

Ses compagnes s'étranglèrent de rire.

— Elle s'appelle Daisy, mais c'est « Marguerite » en français. Elle trouve que ça fait plus joli, expliqua Madge.

— Enchanté de faire votre connaissance, Marguerite, dit Tony en s'inclinant.

— Vous voyez ! C'est un gentleman, lui ! fit Daisy en se rengorgeant.

— Et enfin, voici Sadie.

Celle-ci avait un visage allongé et un nez busqué, et portait un fichu d'un blanc douteux autour du cou.

— Comment allez-vous, Sadie ?

— Je vais toujours bien quand je vois une belle figure, beau blond.

— Eh bien, mesdames, conclut Edwina, nous allons vous laisser travailler. Madge, venez me voir quand ce sera terminé, pour le règlement.

Tony et Edwina s'empressèrent de gagner le bureau pour se laisser enfin aller à l'envie de rire qui les tenaillait depuis un bon moment.

— C'était cruel, vous savez, se plaignit Tony. Vous auriez aussi bien pu me jeter dans la fosse aux lions !

— Vous vous en êtes très bien sorti. Vous les avez traitées comme de vraies dames, et elles ne sont pas près de l'oublier.

— C'est très courageux de votre part de les accepter chez vous.

— Ce sont de braves filles. Mais quelle idiote j'ai été de leur donner les indications par écrit ! Que vais-je faire maintenant de ces planches qui ne correspondent pas à la description de Flora ?

— L'idée d'embaucher ces femmes vient d'elle, à elle de trouver un moyen de vous tirer d'affaire.

— Je vais vous faire une confidence, Anthony. J'aime beaucoup les couleurs qu'elles ont choisies. Bien sûr, je suis assez ignorante en matière de mode, contrairement à vous ! Allez-y, vous pouvez rire, mais il n'empêche que je préfère les couleurs vives. Je déplore qu'elles ne soient pas à la mode

— Je vous parie – c'est juste une façon de parler – qu'elles feront fureur d'ici peu.

Deux semaines plus tard, un grand nombre de dames réputées pour leur élégance se promenaient en ville vêtues d'orange et de violet, mariés de façon inattendue avec diverses nuances de vert pomme. Et les bottiers eurent bien du mal à satisfaire leur clientèle, en raison d'une affluence de commandes pour des mules à rayures rouges.

10

— Bonjour, Withers. Je crois que ma mère m'attend.

— En effet, monsieur Anthony. Elle sera heureuse de vous voir.

Tony retira ses gants et les tendit au majordome en même temps que sa canne et son chapeau. Withers remit le tout à un valet de pied que Tony ne connaissait pas, et le précéda dans l'escalier.

Il ne rendait pas aussi souvent visite à sa mère qu'il l'aurait dû, aussi l'avait-elle prié de passer, sans toutefois lui dire ce qu'elle voulait.

Comme à l'accoutumée, il la trouva confortablement installée dans son fauteuil favori, un livre ouvert sur les genoux. Elle était très élégante, drapée dans ses châles de mousseline indienne, tandis qu'un charmant bonnet de dentelle attaché sous le menton coiffait ses boucles blondes.

— Anthony, mon garçon ! Enfin te voilà.

Il baisa la main qu'elle lui tendait, puis se pencha pour l'embrasser sur la joue.

— Vous êtes très jolie, ce matin, mère.

— Et toi, tu es toujours aussi élégant, le complimenta-t-elle en retour. Je suis si contente que tu ne poudres pas tes beaux cheveux blonds.

— Plus personne ne se poudre les cheveux, mère.

— Ceux de ta génération, peut-être. Mais la mienne n'est pas encore complètement entrée dans le nouveau siècle.

— Vous avez de très beaux cheveux, je ne vois pas l'intérêt de les poudrer.

— Mais ton père n'approuverait pas que je sorte le soir sans les poudrer.

— En ce qui me concerne, riposta Tony, il n'approuve rien de ce que je fais, aussi n'ai-je pas à me soucier de lui plaire.

Il se passa négligemment la main dans les cheveux avant de reprendre :

— Les termes de votre billet étaient vagues, mais j'ai eu l'impression que vous aviez quelque chose à me dire.

— En effet. Assieds-toi, mon garçon.

— Qu'y a-t-il, mère ? demanda-t-il en approchant une chaise. Père serait-il furieux parce que j'ai lâché des dindes dans Green Park ? Ce n'était qu'un pari amusant, et inoffensif, je vous assure.

Elle le gratifia d'un regard de reproche, auquel il répondit par l'un de ces sourires auxquels elle n'avait jamais su résister.

— Tu es incorrigible. Non, il s'agit de tout autre chose. Je prenais le thé, hier, avec Mme Balcombe-Shinn. Tu sais combien je la déteste, mais je lui devais une invitation. Enfin, bref, elle portait une écharpe orange vif, et un chapeau garni de rubans orange et jaunes, et n'a pas arrêté de me chanter les louanges du magazine qui avait inspiré sa nouvelle garde-robe.

C'était donc cela !

— Elle a fini par sortir ce fameux magazine de son réticule – horrible, soit dit en passant. Je connais *La Vitrine des élégantes*, bien sûr, car cette revue existe depuis des années. Mais Mme Balcombe-Shinn n'a eu de cesse que je le feuillette, ce que j'ai donc fait pour ne pas être impolie. Et imagine ma surprise lorsque j'ai lu, écrit en petits caractères : imprimé par A. Morehouse, Charles Street.

— Je l'imagine, en effet.

— Au début, j'ai cru qu'il s'agissait d'un autre Morehouse, continua-t-elle en fronçant les sourcils. Mais je connais bien la famille de ton père, alors... C'est toi, n'est-ce pas ?

— C'est moi, oui.

Ses yeux bleus s'agrandirent de surprise.

— Tu es propriétaire d'un magazine féminin ?

— Oui, mère.

— Mais... comment ?

— Je l'ai gagné aux cartes.

Elle le fixa un instant sans ciller, puis éclata franchement de rire.

— Oh, mon cher garçon ! Tu es décidément une canaille, mais tu es toujours si amusant ! Quelle tête fera ton père lorsqu'il apprendra cela !

— Justement, je préférerais qu'il ne le sache pas pour l'instant.

— Mais pourquoi ?

— Parce qu'il pensera que c'est frivole, que c'est une perte de temps et d'argent. Je vous en prie, mère, laissez-moi un peu de temps, ne lui dites rien.

— Un peu de temps ? Qu'as-tu donc l'intention de faire ?

— J'ai l'intention d'en faire un succès.

La réponse avait jailli malgré lui.

Il ignorait quand cette idée avait commencé à prendre forme dans son esprit. Peut-être lorsqu'il avait lu son nom pour la première fois sur la couverture. Il devait reconnaître qu'il avait ressenti une certaine fierté. Il avait déjà connu des succès financiers, mais uniquement en tant qu'investisseur ou associé. Cette fois, ce n'était pas la même chose. L'entreprise portait son nom.

Du moins pour l'instant !

Et si Edwina gagnait – et il faisait tout pour cela –, il lui proposerait d'investir de l'argent dans le magazine. Peut-être accepterait-elle de mentionner le nom de Morehouse à côté du sien.

En tout cas, pour la première fois de sa vie, il était emballé par un projet qui n'était ni un pari à enjeu élevé ni un investissement à haut risque. Même si *La Vitrine* se révélait un énorme succès, elle ne ferait pas de lui un homme riche. En revanche, elle le rendrait fier.

—Je suis si heureuse de t'entendre parler ainsi, déclara sa mère. C'est une curieuse aventure, mais je suis fière de toi, mon fils. Et ton père le sera aussi, j'en suis persuadée.

—J'en doute. Mais je suis heureux que vous approuviez.

—Maintenant raconte-moi tout. Comment es-tu devenu éditeur ?

C'est ainsi que Tony lui raconta tout par le menu. Il lui parla de Croyden, d'Edwina, et de leur pari, ce qui la divertit beaucoup.

—J'ai envoyé Millie m'en acheter un exemplaire, et je dois avouer que j'ai beaucoup aimé. La chronique de mode surtout. C'était si drôle de deviner qui portait quoi ; c'est une merveilleuse idée ! Et les gravures sont très jolies, bien qu'un peu inhabituelles, mais je pense qu'elles ont lancé une nouvelle mode. Il me semble avoir remarqué que Mme Balcombe-Shinn n'était pas la seule à porter des couleurs vives.

—Je l'ai remarqué aussi. Je ne sais pas si je dois vous dévoiler l'origine de ce nouvel engouement. J'ai peur de vous choquer.

Tony raconta cependant toute l'histoire avec force détails. Sa mère en riait aux larmes.

—Je crois que je vais aller voir ma couturière dès demain. J'aimerais assez porter une pelisse très colorée cet hiver ! Je ne voudrais pas paraître trop démodée, ajouta-t-elle avec un sourire coquin.

—Et n'oubliez pas les mules rouges.

—Avec des rayures, j'en ai pris bonne note.

—En dehors des planches de mode, demanda Tony, redevenu sérieux, qu'avez-vous pensé du reste du magazine ?

—Voyons. Laisse-moi réfléchir. Le courrier du cœur est amusant. Est-ce que les lettres sont authentiques, ou bien la conseillère les écrit-elle afin d'aborder certains sujets ?

—Je crois que ce sont de véritables lettres de lectrices. Je n'en sais rien, à vrai dire. Je n'ai pas encore rencontré la conseillère. Quoi d'autre ?

—La poésie était belle, pour autant que je m'en souvienne.

—Pas trop sentimentale ?

—Mon cher fils, les femmes ne se lasseront jamais de la poésie romantique. Tu ferais bien de ne pas l'oublier si tu veux continuer dans ce métier !

—Et que pensez-vous des essais et des comptes rendus littéraires ?

Lady Octavia Morehouse haussa ses frêles épaules.

—Un peu ardus pour moi, mais tu sais que je ne suis pas érudite, comme ton père et toi. Je préfère les sujets plus légers et divertissants.

—Et la fiction ? Vous êtes une grande lectrice de romans. Que pensez-vous du feuilleton ?

—Je t'avoue que je préfère ceux du *Lady's Monthly Museum*. Je me transforme toujours en fontaine avant la fin. Celui de ton magazine ne m'a pas fait pleurer !

— Bien. Je vais voir s'il est possible de le rendre un peu plus triste, déclara-t-il. Désolé, mère, mais je dois partir, ajouta-t-il en se levant.

— Déjà ? Mais cela fait une éternité que je ne t'ai pas vu. Et j'ai des tas de choses à te raconter.

Elle lui fit signe de se rasseoir.

— La ville est mortellement ennuyeuse en cette saison, mais ton père refuse de partir tant que le Parlement est en session. Il y a quelque chose de très important à voter, qui concerne la guerre contre la France, je crois – tu sais que je ne m'intéresse guère à toutes ces choses. En tout cas, tant que ton oncle Cedric siégera, ton père restera à ses côtés pour le conseiller.

— Je me demande pourquoi père n'a pas son propre siège au Parlement.

— Moi aussi, soupira Lady Octavia. Mais, apparemment, il préfère rester dans l'ombre. Quoi qu'il en soit, au train où vont les choses, je crains que nous n'allions pas à Handsley avant Noël.

Tony demeura songeur. Quelque chose d'important devait se tramer. Il avait entendu des rumeurs au sujet de négociations de paix avec Bonaparte, mais il n'y croyait guère.

Sa mère interrompit sa réflexion.

— Cela suffit. Parle-moi plutôt de Mlle Parrish.

— Edwina ?

Sa réaction amena un sourire sur les lèvres de Lady Octavia.

— Oui. Je me souviens vaguement de la fillette un peu folâtre qui venait passer l'été chez son grand-père. Qu'est-elle devenue en grandissant ?

— Elle est brillante, pleine d'esprit, farouchement indépendante, et très belle, répondit Tony en haussant les épaules.

— Et tu es amoureux d'elle.

— Mère, vous êtes une incorrigible romantique. Elle est tout ce que j'ai dit, et voilà que vous en déduisez que je suis amoureux d'elle !

— Ce n'est pas ce que tu as dit qui importe, mais la façon dont tu l'as dit, riposta sa mère. Partage-t-elle tes sentiments ?

— Je ne sais pas. J'en doute. Nous avons parié gros cette fois, vous savez !

— Oh, Anthony !

Son regard se fit tendre et elle le menaça gentiment du doigt.

— Fais attention, mon fils. Cette fois, tu risques gros également.

— Parfois, il faut savoir tout risquer, mère, si l'enjeu en vaut la peine.

— Je crois que vous devriez lire ceci.

Edwina fixa d'un air consterné le dernier numéro du *Lady's Monthly Museum* que Tony venait de poser sur son bureau.

— Pour quelle raison ?

— Parce que je sais de source sûre que leur feuilleton est meilleur que le nôtre.

Edwina en eut le souffle coupé. Elle hésitait entre lui dire dans quel mépris elle tenait ce journal, et lui faire remarquer qu'il avait dit « le nôtre » en parlant de *La Vitrine*.

— Quelle est cette source ?

— Ma mère.

Elle ne put réprimer un sourire.

— Ainsi, votre mère est une autorité en matière de fiction ?

— Dès lors qu'il s'agit de prose sentimentale, romantique, et même un brin gothique, elle est imbattable. Elle dévore littéralement les romans, figurez-vous.

— Et pourquoi préfère-t-elle le feuilleton du *Museum* ?

— Parce qu'il lui tire des larmes.

Le sourire d'Edwina se transforma en une grimace de profond dégoût.

— Forcément. Toutes leurs histoires se terminent tragiquement. Ou l'héroïne meurt, ou elle sombre dans la folie. Cela fait des années que nous luttons contre ce genre de poncifs.

— Nous luttons ? Expliquez-moi, Edwina.

Seigneur ! Encore un « nous » !

Elle l'étudia longuement. Pouvait-elle faire confiance à cet homme si séduisant, impulsif et désinvolte ? Qui s'était aussi montré généreux, et honnête, ce qu'elle n'avait pas été avec lui. Il était peut-être temps de lui faire un peu confiance...

— Vous feriez mieux de vous asseoir, je crois.

Tony lui adressa un regard méfiant, mais consentit à quitter son perchoir favori – au bord du bureau – pour prendre un siège.

— Je vous écoute.

Elle brandit le magazine honni.

— Avez-vous lu ce qui est écrit sur la couverture ? attaqua-t-elle, avant de citer : *Un mélange de divertissements et d'informations destinés à flatter l'imagination, intéresser l'esprit, tout en exaltant les valeurs de la bonne société anglaise, par un groupe de dames.*

« Pour ce qui est de "l'information", il s'agit d'encourager la soumission absolue des femmes. Quant au "groupe de dames" », il est fait composé d'hommes parmi les plus conservateurs qui soient. Voyez-vous, le *Museum* a été lancé en réaction contre les idéaux républicains qui ont vu le jour ces quinze dernières années.

— Un journal anti-jacobin ?

— Pire que cela. Les hommes qui détiennent ce magazine sont de farouches opposants à la Révolution française. Ils ont peur que l'éducation des masses en Angleterre ne mène à la révolte, surtout après une autre année de mauvaises récoltes et de difficultés économiques. Ces hommes, qui possèdent par ailleurs d'autres revues, ont décidé d'utiliser un magazine féminin pour faire passer leur message.

— Cela semble un étrange choix.

— Pas vraiment. Il s'agit pour eux de garder les femmes sous leur joug.

— Je vois. Pour les empêcher d'adhérer aux idées subversives d'une Mary Wollstonecraft, par exemple ?

— Oui, mais aussi de Thomas Paine, et de beaucoup d'autres. Quoi de mieux qu'un magazine féminin pour distiller subtilement leurs messages antirépublicains ? Regardez les fameux feuilletons que votre mère adore. Les épouses y sont toujours soumises à la seule volonté masculine et patriarcale, et les jeunes filles qui désobéissent à la loi des hommes connaissent une fin tragique.

Tony frissonna théâtralement.

— Quelle horreur ! Je n'ai lu que l'introduction de l'histoire publiée dans ce numéro-ci. Elle m'a semblé être de la veine gothique, très en vogue aujourd'hui, qui a rendu célèbre Mme Radcliffe et d'autres.

— Le *Museum* a détourné ce succès à son profit. Ils utilisent le feuilleton, un genre populaire par excellence, pour influencer leurs lectrices. Et ce n'est pas tout. Les essais et les biographies ne présentent que des femmes dévouées, qui se sacrifient pour la carrière et le bonheur de leur mari. Dernièrement, un chroniqueur a soutenu que la reine Élisabeth pouvait être à la rigueur un hermaphrodite, mais absolument pas une vraie femme !

Tony ne put s'empêcher de rire.

— Pour finir, vous remarquerez que le *Museum* ne fait jamais allusion aux événements actuels. Aucun chroniqueur n'a évoqué la guerre. Lorsque j'ai repris *La Vitrine*, j'ai décidé de me servir des mêmes méthodes qu'eux pour atteindre mon but.

— Ah oui ? Et comment cela ? demanda Tony en haussant un sourcil.

— J'ai commencé par constituer une équipe d'écrivains et de poètes qui partagent mes opinions. Nos articles paraissent au premier abord de la même veine que ceux du *Museum*, mais le message est complètement différent.

— Comme la biographie de la reine Élisabeth que j'ai lue récemment, et qui exaltait sa féminité ?

— Par exemple. Ou encore les histoires que Simon Westover écrit pour nous. C'est un grand romantique, ajouta-t-elle en souriant, et il adore créer des personnages de jeunes filles qui obtiennent tout ce qu'elles désirent à la fin.

— Simon Westover ? Un homme ?

Au point où elle en était, autant continuer !

— Mais oui. De nombreux hommes collaborent à *La Vitrine*. Simon répond également au courrier du cœur.

— Ça alors ! s'exclama Tony. J'étais persuadé que c'était une vieille dame qui s'en chargeait.

— C'est précisément ce que nous voulons. Simon encourage toujours les lectrices à atteindre leurs objectifs, et à se prendre en charge. Une fois, une femme a réussi à le localiser. Elle réclamait sa tête sur un plateau !

— Mon Dieu ! Comment cela s'est-il terminé ?

— Il vient de l'épouser.

Tony éclata de rire.

— Dites-m'en plus. Que fait Nicolas ?

— Il écrit la plupart des essais qui paraissent sous le nom d'Augusta Historica. Samuel Coleridge apporte régulièrement sa contribution dans le domaine de la poésie et de la prose, ainsi que Mary Hays et Helen Maria Williams. Tous leurs articles tendent à encourager les femmes à s'instruire et à se forger leurs propres opinions.

— Vous avez vraiment rassemblé une équipe remarquable ! Pourquoi ne m'en avez-vous pas parlé plus tôt ?

— Je n'étais pas certaine que vous approuveriez, avoua Edwina en haussant les épaules. Vous ne m'avez pas donné l'impression de partager mes idées.

— Même après vous avoir cité Wollstonecraft sans faute ?

— J'en ai simplement déduit que vous étiez plus cultivé que vous ne le laissiez paraître, riposta-t-elle. Mais je n'ai jamais pensé que vous souteniez des idées républicaines.

— Ce n'est pas le cas, en effet. Pas complètement du moins. Mais, franchement, j'admire ce que vous faites. Je trouve sacrément audacieux d'utiliser les armes de votre ennemi pour le combattre.

Edwina soupira de soulagement.

— Merci. Je me sens délivrée d'un grand poids. Vous ne pouvez pas savoir combien cela m'a coûté de cacher tout cela à l'oncle Victor toutes ces années !

— Il n'aurait certes pas apprécié.

— Il m'aurait aussitôt retiré le magazine. Il détient des parts dans l'une des plus fameuses revues antijacobines.

— Alors, c'est une chance pour vous que j'aie gagné *La Vitrine*.

— Je serai encore plus chanceuse le jour où je vous l'aurai regagné, rétorqua-t-elle malicieusement.

— Vous recommencez ! Ne soyez pas si sûre de vous, ma chère.

Son expression s'adoucit aussitôt devant l'air contrarié d'Edwina.

— Juste pour le plaisir de discuter – parce que, bien sûr, j'ai fermement l'intention de récupérer ma Minerve –, que feriez-vous *si* vous gagniez le magazine ? Seriez-vous prête à en modifier le contenu pour exposer clairement vos opinions ?

Surprise, Edwina l'étudia avec curiosité. La taquinait-il encore, ou, comme Flora et Prudence le prétendaient, faisait-il tout pour perdre son pari ? Elle lut un intérêt sincère dans ses beaux yeux gris et se demanda si elle ne l'avait pas mal jugé.

— Non, je ne changerais rien, répondit-elle. Du moins pas tout de suite. Je pense, même s'il m'est difficile de l'admettre, que nous pouvons élargir notre lectorat grâce à la mode. Et augmenter ainsi nos bénéfices. Il y a tant à faire...

— Pour améliorer le magazine ?

— Non. Les bénéfices peuvent servir à de plus justes causes.

Elle hésitait à tout lui révéler. Mais, après tout, elle ne risquait rien à tester ses réactions. Au cas où...

— Il y a tant de gens dans la misère ! reprit-elle. La politique belliqueuse de Pitt a causé énormément de dommages. Je voudrais aider les familles qui meurent de faim, et apporter mon soutien aux ouvriers. Quantité de filles se retrouvent sur le trottoir pour nourrir leurs enfants. J'aimerais financer des écoles pour ces femmes.

— Votre compassion et votre générosité me sont une leçon d'humilité, Edwina. Si vous deviez gagner notre pari – ce qui est bien sûr impossible –, je me réjouirais de votre victoire, sachant que les bénéfices serviraient à de si nobles causes.

— Et si je perds ?

— Nous en discuterons le moment venu. En attendant, si vous me montriez la liste des souscripteurs, ajouta-t-il avec un sourire espiègle.

Alors qu'il rentrait chez lui, Tony réfléchissait. Son admiration pour Edwina ne cessait de croître. Il se remémorait son beau visage si animé tandis qu'elle lui confiait ses projets. Une fois de plus, elle le forçait à s'interroger sur la vie qu'il menait. Il avait beaucoup d'argent, et à quoi servait-il ?

Le temps était peut-être venu d'arrêter de vouloir impressionner Edwina, ou son père, ou ses amis ? Il devait faire un geste, mais un geste désintéressé. Pour la première fois de sa vie, il allait prendre ses responsabilités, sans d'autre enjeu que l'estime de lui-même.

Il tira sur les rênes, et prit la direction du bureau de son notaire.

11

— Cette fois, les accessoires seront dans des tons de bleu et de rouge.

Flora s'adressait aux coloristes réunies autour de la table de la salle à manger, et leur montrait des planches déjà prêtes pour l'impression.

— En l'honneur de la paix, expliqua-t-elle. Les couleurs patriotiques vont faire fureur, alors, autant être les premières à les lancer sur le marché.

— Flora, t'es un vrai génie ! déclara Madge, émerveillée.

— C'est exactement ce que j'allais dire, renchérit Edwina en riant.

— Allez, les filles, on s'y met sans attendre.

Cela faisait maintenant deux mois que ces « dames » travaillaient sur les gravures de mode, et elles adoraient leur travail, qui s'était avéré excellent, en dépit de leur goût prononcé pour les couleurs très vives.

— Madge est formidable, commenta Edwina, tandis que Flora et elle pénétraient dans la bibliothèque. Elle sait diriger les filles.

— Certes ! fit Flora en riant. Il faut dire qu'elle a de l'expérience. Ç'a été son métier pendant des années.

— En tout cas, je leur suis reconnaissante à toutes.

— Et elles vous le rendent bien, croyez-moi, assura Flora. Vous leur avez donné une chance de travailler honnêtement pour nourrir leur famille.

— Tant que j'aurai mon mot à dire ici, je les garderai. Et encore bravo pour votre idée d'imposer les couleurs patriotiques, Flora.

— J'espère vraiment que nous aurons la paix, même si je ne crois guère aux belles paroles des politiciens.

— Nous n'en sommes qu'aux préliminaires, observa Edwina en prenant un siège. Les véritables négociations commenceront à Amiens, dans un mois. Mais cette paix nous offrirait un répit bienvenu, Je pense que nos dirigeants sont pressés de la signer. Avec toutes ces émeutes, ils feraient n'importe quoi pour éviter que ne se passe ici l'équivalent de ce qui est arrivé en France, sous le règne de la Terreur.

Flora s'était confortablement installée dans un fauteuil et contemplait Edwina pensivement.

— J'ai remarqué que vous ne pouviez évoquer ces événements sans que votre voix tremble.

Edwina soupira.

— J'ai interrogé votre frère à ce sujet, poursuivit Flora. Il a fait allusion à votre ami et à son arrestation, mais sans entrer dans les détails. Il considère que cette histoire vous appartient et que c'est à vous de la raconter.

Edwina détourna le regard.

— Je sais écouter, reprit Flora d'une voix douce. Je pense que cela vous ferait du bien de vous confier enfin à quelqu'un. Je suis votre amie, et vous savez que vous pouvez me faire confiance pour ne rien révéler de ce que vous me direz.

Edwina avait la gorge nouée.

— Je ne sais pas si je pourrai, articula-t-elle avec peine.

— Essayez, ma chère.

Edwina prit une profonde inspiration.

— Nous sommes partis en France en août 1792, commença-t-elle d'une voix mal assurée. Nicolas, Simon et moi.

— Simon ?

— Simon Westover, un ami. Il écrit pour *La Vitrine*, et vous devriez le rencontrer bientôt.

— C'était votre amant ?

— Non. Il était peut-être un peu amoureux de moi, mais mon cœur était déjà pris. J'avais rencontré Gervaise de Champdivers à Londres, ce même été. Il nous avait enflammé l'esprit avec ses idéaux révolutionnaires, et nous étions tous trois déterminés à le suivre en France pour participer à cette grande aventure. Nous étions jeunes et passionnés, alors ! C'est à Paris que je me suis liée d'amitié avec Mary Wollstonecraft, et j'ai rencontré Helen Maria Williams, et d'autres radicaux.

— Et Gervaise ?

— Ç'a été le coup de foudre ! Nous sommes devenus amants. Il était ma raison de vivre. Et lui aurait fait n'importe quoi pour moi.

— Sauf vous épouser ?

Edwina se renfrogna légèrement.

— Nous en avions parlé, mais nous étions occupés par des problèmes plus importants. Il appartenait au groupe des Girondins, et je lui servais de secrétaire, j'écrivais ses discours et ses pamphlets. Nous fréquentions le salon de Mme Roland, où se retrouvaient écrivains et philosophes. Ces jours enfiévrés furent les plus beaux de ma vie, Flora !

Celle-ci sourit, mais son regard était soucieux lorsqu'elle murmura :

— Et puis il y eut la Terreur.

— Oui. Après l'exécution de Louis XVI, en janvier, les choses s'envenimèrent. Les Girondins modérés, dont Gervaise, qui avaient élevé des objections à l'exécution du roi, furent emprisonnés.

Elle se tut un instant. Flora rapprocha son fauteuil et lui prit la main.

— J'étais morte d'inquiétude, reprit Edwina. Les étrangers étaient mal vus, et la plupart de nos compatriotes s'enfuirent. Mais je ne pouvais pas partir alors que Gervaise était en prison. C'était hors de question!

Flora resserra la pression de sa main.

— Nicolas et Simon sont restés avec moi. Ce fut une période terrifiante. Nous étions étroitement surveillés, et ne savions à qui faire confiance. Puis Marat a été assassiné, et la Terreur proprement dite a commencé.

Elle s'interrompit de nouveau, visiblement submergée par l'émotion.

— J'ai été arrêtée au début du mois d'octobre et incarcérée à la prison du Luxembourg, avec Helen Maria Williams et d'autres Anglaises. Deux semaines plus tard, vingt et un Girondins furent exécutés, dont Gervaise. De la prison, nous entendions les cris de la foule qui acclamait les martyrs de la liberté.

Edwina essuya furtivement une larme tandis qu'elle revivait ce jour sinistre, accrochée aux barreaux de la prison. Elle avait voulu mourir elle aussi, avait supplié ses geôliers...

Elle prit une inspiration tremblante.

— J'étais malade de chagrin. Mes rêves de bonheur personnel venaient de voler en éclats en même temps que mes idéaux. Robespierre leur avait porté un coup fatal.

— Oh, ma pauvre petite! Combien de temps êtes-vous restée en prison?

— Helen Williams a réussi à nous en sortir en novembre. Je serais morte sans elle. Simon et Nicolas se sont occupés des faux papiers et de tout le reste, mais j'étais en proie à un tel chagrin que je ne me souviens pratiquement pas de notre fuite... Il m'a fallu beaucoup de temps pour me rétablir.

Flora lui lâcha la main et, sortant un mouchoir de son réticule, le lui tendit.

— Mais vous vous êtes rétablie, et vous avez continué à vivre, en femme indépendante !

— Oui, mais rien n'était plus comme avant. Cela a été une sacrée leçon. Pour la deuxième fois de ma vie, j'avais perdu un être cher parce qu'il était allé au bout de ses passions, et que cela avait dégénéré en chaos et en tragédie. J'ai décidé alors de ne plus jamais me laisser dominer par une quelconque passion.

— Oh, ne dites pas cela !

— La modération m'a bien aidée depuis ces sinistres événements, et je suis heureuse ainsi. J'ai conservé mes idéaux, mais je suis opposée à toute révolution quelle qu'elle soit. Je n'aspire plus qu'à des réformes progressives et raisonnables.

— Certes, cela est sage, reconnut Flora. Mais qu'en est-il des affaires de cœur ? Avez-vous adopté la même attitude ?

— Gervaise a été mon seul véritable amour. La grande passion de ma vie.

Et pourtant, Edwina avait parfois du mal à se rappeler son visage. Elle avait oublié l'homme qu'il était dans la vie quotidienne, pour ne se souvenir que de leur histoire d'amour et de la tragédie qui y avait mis fin. Son cœur comme son corps n'avaient eux rien oublié du plaisir ni de la douleur.

Flora haussa les sourcils.

— Et où est-il écrit que nous ne devrions connaître qu'une seule passion au cours d'une vie ? Personnellement, j'en ai connu plusieurs.

— Mais je ne suis pas comme vous, Flora !

— Je ne parle pas de sexe, Edwina. Je parle de passion véritable, d'amour si vous préférez. Cela n'arrive pas souvent, bien sûr, mais lorsqu'il se présente, vous devez l'accueillir.

— Je l'ai fait ! Je me suis donnée à Gervaise corps et âme.

— Mais il est mort depuis huit ans, et vous êtes bien vivante. Par pitié, ne gaspillez pas vos plus belles années en vous morfondant sur le passé ! Saisissez plutôt les occasions qui s'offrent à vous.

— Vous pensez à Anthony, n'est-ce pas ?

— Peut-être. À vous de le découvrir.

— A-t-il été l'une de vos grandes passions ?

— Grands dieux, non ! s'esclaffa Flora. Pas plus que je ne l'ai été pour lui. Nous avons passé d'agréables moments ensemble, et nous sommes devenus amis, c'est tout. Aujourd'hui, c'est *votre* cœur qu'il veut, Edwina.

— Oh, je ne le pense pas. À ses yeux, tout, y compris séduire, est prétexte à jouer. Cela dit, il est beau et charmant, et si vous voulez tout savoir, j'ai envisagé la possibilité de... je ne sais pas. De quelque chose avec lui.

— De mener le jeu ?

Edwina eut un sourire penaud.

— Peut-être. Encore que je craigne d'avoir oublié les règles de ce jeu-là. Cela fait si longtemps... Mais pour la première fois depuis la mort de Gervaise, je dois avouer que je suis tentée.

— Dieu merci ! s'écria Flora. Bienvenue dans le monde, ma chère ! Qui sait ? Une autre grande passion vous attend peut-être.

— Non, Flora. Je n'en veux plus jamais.

Rien que d'y penser la terrifiait. Cette obsession singulière. L'alternance de joie et de désespoir. Cette espèce de folie qui s'empare de vous. Non, plus jamais !

— Une liaison occasionnelle, à la rigueur, mais rien d'autre, conclut-elle.

Flora haussa les épaules.

— Allons donc ! Anthony n'est pas du genre liaison occasionnelle. Et vous non plus.

— De toute façon, ce serait pure stupidité. Pensez à notre pari. Il tient mon avenir entre ses mains.

— Je ne partage pas votre point de vue, ma chère. Combien de souscriptions avez-vous obtenues à ce jour ?

— Nous nous rapprochons du but, reconnut Edwina, mais il nous reste moins d'un mois avant l'échéance, et je commence à craindre de ne pas réussir à l'atteindre.

— Ne baissez pas les bras, ma fille !

Flora se leva, arrangea ses jupes d'un geste gracieux, et se pencha pour déposer un baiser sur la joue de son amie.

— Merci de la confiance que vous m'avez accordée en me racontant votre histoire. Et, je vous le répète : ne laissez pas un chagrin ancien emprisonner votre cœur. Autorisez-vous à aimer de nouveau.

Elle tournait les talons pour sortir lorsqu'une pile de feuillets sur une table attira son regard.

— Oh, de nouvelles épreuves à corriger ! s'exclama-t-elle. Je suis si heureuse que vous m'ayez chargée de ce travail. Puis-je les emporter ?

Edwina tressaillit tandis que Flora se saisissait du paquet.

— Vous publiez des pamphlets ? s'enquit cette dernière en parcourant la première feuille, les sourcils froncés.

En fait, il s'agissait du dernier écrit de Nicolas, en soutien aux catholiques !

Edwina se racla la gorge.

— À l'occasion.

— Et qui les imprime ? Imber, en même temps que *La Vitrine* ?

— Oui, soupira Edwina.

— Dois-je comprendre que les bénéfices du magazine servent à financer vos activités parallèles ?

— Oui, mais il s'agit d'une infime partie.

— Bien entendu, Anthony n'est pas au courant. Et votre oncle ne l'était pas non plus.

— En effet. Mais, je vous le répète, il s'agit de toutes petites sommes. Tant que personne n'examine les livres de comptes de trop près... Et c'est pour une noble cause.

Flora leva les yeux du pamphlet, visiblement déçue.

— Est-ce vous qui avez écrit cela ?

— Non, c'est toujours Nicolas qui s'en charge.

— Eh bien, il vaudrait mieux que Tony ne lise pas cela. Il assassine littéralement Cedric Quayle.

— Mais Quayle est un personnage abject ! Il est violemment opposé à ce que les catholiques irlandais siègent au Parlement ! Nicolas a raison de l'attaquer.

— Sans doute. Mais il se trouve que Quayle est l'oncle d'Anthony.

— Quoi ? souffla Edwina.

— C'est le frère de sa mère. En outre, le père d'Anthony est son plus proche conseiller.

— Seigneur ! Je n'en avais aucune idée.

— Je ne pense pas qu'Anthony soit très proche de son oncle, et, comme vous le savez, il n'entretient pas de très bonnes relations avec son père. Toutefois, même s'il ne partage pas leur point de vue sur la question, je suis persuadée que ce pamphlet l'embarrasserait énormément. Surtout si l'on découvrait qu'il est involontairement impliqué dans sa publication.

Edwina en avait l'estomac noué.

— Je vais parler à Nicolas, déclara-t-elle. Lui demander de modifier son texte. Merci, Flora, merci pour tout ! Que ferais-je sans vous ?

Sur ce, Edwina étreignit spontanément son amie. Se surprenant elle-même, car cela ne lui ressemblait guère.

Enfin l'occasion qu'il attendait depuis si longtemps ! La paix avec la France venait d'être signée, et les célébrations seraient nombreuses. Cette fois, elle ne pourrait pas refuser son invitation.

Ces derniers jours, Anthony avait rendu pas mal de visites afin que tout fût en ordre avant de retourner à Golden Square. Il fut récompensé de sa patience en trouvant Edwina seule.

Elle le reçut dans un confortable petit boudoir du premier étage qu'il ne connaissait pas. Assise dans une bergère au coin du feu, enveloppée d'un châle à motifs cachemire, les pieds repliés sous elle, elle offrait un charmant tableau.

— Vous êtes douillettement installée, fit-il. Puis-je me joindre à vous ?

Elle posa son livre et acquiesça d'un mouvement de tête.

— On ne vous a pas beaucoup vu ces jours-ci, remarqua-t-elle.

— Vous aurais-je manqué ? hasarda-t-il en prenant place dans la bergère qui lui faisait face.

— C'est juste que je me suis accoutumée à ce que vous soyez constamment dans mes jambes. Auriez-vous par hasard trouvé à vous occuper ailleurs ?

— J'ai eu beaucoup à faire, c'est tout, répondit-il tranquillement. Mais je viens avec les meilleures intentions du monde, ainsi qu'avec une invitation.

— Encore une promenade en voiture ?
— Très courte, et en soirée. Figurez-vous que j'ai retenu une loge à Covent Garden. La grande Billington y chante *Alceste* vendredi, et je serais très honoré que vous m'y accompagniez.

Edwina arqua imperceptiblement les sourcils.

— J'ai lu ce matin dans mon quotidien qu'il était impossible d'avoir des places pour cette soirée.
— Il s'agit en effet d'un unique récital au profit des veuves et des orphelins de guerre, et il n'a été annoncé qu'hier. Vous ne pouvez pas refuser, Edwina.

Elle hésitait, visiblement en proie à un débat intérieur.

— S'il vous plaît, dites oui, insista-t-il.
— Pourquoi voulez-vous absolument m'inviter ?
— Peut-être suis-je en train de vous courtiser.
— À moins que vous n'ayez simplement l'intention de me séduire.
— Vous courtiser, vous séduire, vous cajoler. Tout me convient.
— Tant que vous aurez des vues sur mon magazine et ma Minerve, je doute de pouvoir vous faire confiance.
— Je vous rappelle une fois de plus qu'il s'agit de *mon* magazine et d'une statuette qui appartient à mon père, mais je ne veux pas me quereller aujourd'hui. Je vous soupçonne de chercher simplement des prétextes pour refuser mon invitation. Probablement parce que vous n'avez aucune tenue assez jolie pour une telle occasion.

Elle se hérissa aussitôt.

— Détrompez-vous, j'ai tout ce qu'il faut.
— Et moi, je vous parie que non.
— Encore un pari ?
— Tout juste. Je vous parie que vous n'avez pas une seule robe au goût du jour dans votre armoire. Et je

serai seul juge, puisque j'en connais plus que vous en matière de mode.

Elle tressaillit, et il retint un sourire. Il avait gagné. Aucune femme – pas même Edwina – ne supportait de s'entendre dire une telle chose. Surtout de la bouche d'un homme. Ce dont elle ne se rendait pas compte, c'était que, même dans la plus banale des tenues, elle éclipserait n'importe quelle autre femme.

— C'est déloyal, déclara-t-elle. Vous ne sauriez être objectif.

— Très bien, laissons les autres être juges, concéda-t-il. Si votre robe attire un regard d'envie de la part d'une seule femme, vous aurez gagné. Un sourire méprisant fera aussi l'affaire.

— Et pourquoi pas un regard admiratif ?

— Non. Cela ne serait que pure politesse. Je veux un regard de jalousie.

— Et que diriez-vous d'un regard admiratif masculin ?

— Ma chère, vous recevriez des regards admiratifs de la part des hommes quand bien même vous ne porteriez rien.

Edwina arqua les sourcils, et Tony, conscient de sa bévue, éclata de rire.

— Enfin, ce que je voulais dire, c'est que les hommes vous trouveront magnifique quelle que soit votre toilette. C'est pourquoi j'exige un regard féminin.

— Un seul regard d'envie, ou de jalousie, et j'ai gagné. C'est bien cela ?

Elle venait d'accepter son invitation sans même s'en rendre compte, tout excitée qu'elle était à l'idée de gagner ce nouveau pari.

Seigneur ! Que la vie avec elle serait une aventure palpitante !

Restait une dernière chose à mettre au point. Edwina n'était pas riche, et il ne voulait pas qu'elle se sente obligée d'investir des sommes folles dans cette tenue de soirée.

—C'est bien cela, acquiesça-t-il. Mais je précise que vous ne devez rien acheter de nouveau pour l'occasion, ni emprunter quoi que ce soit. À Flora, par exemple. Vous devrez porter des vêtements qui se trouvent déjà dans votre garde-robe.

—Ah ? Eh bien, je devrais y arriver.

Son expression soucieuse démentait ses paroles. Mais Tony quant à lui savait qu'elle gagnerait son pari. Car, si modeste que soit sa tenue, sa beauté lui attirerait plus d'un regard de jalousie.

—Quant aux enjeux, disons cette fois que le gagnant, ou la gagnante, exprimera un vœu de son choix. Quelque chose de personnel, non relié à *La Vitrine*.

—C'est risqué, non ? lâcha Edwina. Imaginez que je vous demande de vous jeter du pont de Westminster.

Tony ne put s'empêcher de rire.

—Précisons alors que le perdant aura le droit de refuser si la faveur demandée n'est pas raisonnable. Et que le gagnant ne pourra exprimer un vœu qui mette la vie en danger, qui soit illégal ou trop onéreux. Est-ce que cela suffit ?

—C'est parfait. Nous consignons tout cela dans votre carnet rouge ?

Il hocha la tête. Elle se leva, arrangea les plis de sa robe, puis s'approcha du petit secrétaire devant la fenêtre. Tony la suivit. Elle trempa une plume dans l'encrier et la lui tendit pour qu'il se charge d'inscrire les termes du pari.

Lorsqu'elle lui rendit son carnet après avoir apposé son paraphe, il retint sa main dans la sienne.

—Voilà comment nous scellons désormais nos marchés, Edwina, murmura-t-il.
 Il se pencha et captura ses lèvres.

12

—Merci d'être venue si vite, Flora! J'ai besoin de votre aide.

—Grands dieux, que se passe-t-il? s'inquiéta Flora, qui venait de poser le pied dans le hall.

Sans lui laisser le temps de se débarrasser de son chapeau et de sa pelisse, Edwina la prit par le coude et l'entraîna dans sa chambre.

En découvrant dans quelle pièce elle se trouvait, Flora s'illumina.

—Alors, c'est fait? Vous avez enfin attiré Anthony dans votre lit!

—Bien sûr que non!

—Mais vous y songez sérieusement et vous avez besoin de conseils. C'est parfait. Vous vous êtes adressée à la bonne personne.

Edwina ne put retenir un grognement d'exaspération.

—Vous n'y êtes pas du tout, Flora. Je veux simplement profiter de vos autres talents. Je dois me procurer une toilette exceptionnelle pour demain soir.

—Rien de plus simple, assura son amie. Je vous emmène chez ma modiste, Mme Lancaster. C'est une perle.

—Non, non. Je ne dois ni acheter ni emprunter de tenue. Je suis obligée de me débrouiller avec ma propre garde-robe. Et jetez un coup d'œil là-dedans, ajouta-t-elle en ouvrant les portes de son armoire. N'est-ce pas pathétiquement pauvre, triste et démodé ? Je vous l'ai dit, je n'ai jamais su marier les vêtements. Seigneur, c'est sans espoir ! Que vais-je faire ?

Flora la contempla en plissant les yeux.

— Si vous m'expliquiez quel est le problème ?

— Anthony m'a invitée à l'Opéra... et je n'ai rien à me mettre !

— Une minute ! Y aurait-il encore un pari là-dessous ?

— Oui, oui, oui. Vous devez m'aider, Flora. *S'il vous plaît !*

Le désespoir était nettement perceptible dans sa voix, et Edwina en fut mortifiée. Que lui arrivait-il ? Elle devait absolument se ressaisir. Après tout, il ne s'agissait que d'un petit pari. Ce n'était pas important à ce point.

Mais si, ça l'était ! Elle se moquait bien du pari, elle voulait simplement qu'il la trouvât belle ! Un désir aussi futile ne lui ressemblait absolument pas.

Tout cela à cause de ce dernier baiser ! Un baiser moins brûlant que celui du fameux après-midi du jeu de la séduction, mais tellement plus bouleversant, tellement plus... intime ! Cette fois, elle n'avait pas été effrayée par les sensations que ce baiser avait éveillées en elle, bien au contraire. Il lui avait donné envie d'aller plus loin.

Après une longue nuit sans sommeil, elle avait dû enfin s'avouer la vérité. Elle désirait Anthony Morehouse, et elle voulait se faire belle pour lui.

Flora étudiait le contenu de sa garde-robe d'un air pensif.

— Nous sommes confrontées à un sérieux défi, reconnut-elle. Mais n'ayez crainte, ma chère, nous allons trouver une solution. Sortons tout cela et réfléchissons.

Joignant le geste à la parole, Flora entreprit de retirer tous les vêtements de l'armoire, et les jeta sur le lit sans cérémonie. Edwina ne put retenir un petit cri d'affolement.

— Pendant que je m'occupe de cela, allez chercher tout ce que vous possédez comme colifichets et accessoires, ordonna son amie.

— Quoi, par exemple ? risqua Edwina, qui n'était décidément pas dans son élément.

— N'importe quoi. Des fanfreluches, tout ce qui pourrait servir d'ornement à une robe ou à une coiffure. Détendez-vous, cela va être très amusant.

Tandis que Flora continuait à empiler les vêtements sur le lit, Edwina ouvrit une commode et en tira diverses babioles qu'elle entassa sur une petite table : des morceaux de dentelle, un coupon de mousseline indienne, des foulards, des châles et des fichus...

— Que pensez-vous de ceci ? s'écria-t-elle en brandissant une longue cordelette tressée de fils d'argent.

— Posez-la sur la table.

Edwina obéit et poursuivit sa tâche. Des fleurs en soie, des plumes et des pompons vinrent s'ajouter aux tissus.

— Et n'oubliez pas les bijoux.

Docile, elle vida son coffret : une parure de corail, un camée, une épingle à chapeau surmontée d'un croissant en argent qu'elle tenait de sa mère, des peignes en écaille de tortue, un collier de perles, des boucles d'oreilles en strass et son aigrette assortie...

Flora avait terminé son tri et réfléchissait, les mains sur les hanches. Edwina contempla le fouillis avec une expression désolée.

— Gervaise m'avait acheté quelques jolis vêtements à Paris. Ils sont sans doute affreusement démodés, mais peut-être que...

— Edwina, Lucy m'a dit que... Mon Dieu! Que se passe-t-il? Tu pars en voyage?

Prudence se tenait sur le seuil, l'air effaré.

— Elle est invitée à l'Opéra, expliqua Flora, et nous tentons de lui composer une toilette digne de ce nom.

— Oh! réussit à articuler Prudence en se retenant de rire.

— Viens nous aider au lieu de glousser, la houspilla Edwina. Nous ne serons pas trop de trois, d'autant que je me sens plutôt inutile.

— Mettez-vous en chemise, ma fille, intervint Flora. Nous avons du travail.

Les essayages durèrent plus d'une heure. Flora s'affairait, essayant robe après robe, drapant divers tissus, châles ou pièces de soie brodée, nouant un ruban ici ou un morceau de dentelle là. Prudence fit quelques suggestions, mais la plupart du temps, elle se contentait de lever le pouce en signe d'approbation, ou de secouer la tête.

Finalement, Flora arrêta son choix sur une robe de crêpe blanc dont l'ourlet et le bas des manches étaient ornés de fils d'argent.

— Celle-ci sera parfaite comme base. L'étoffe est de qualité et la coupe seyante. C'est un peu chargé dans le dos, mais vous êtes suffisamment mince pour le supporter. À présent, il s'agit de la mettre au goût du jour. J'ajouterais bien une tunique. Elles font fureur en ce moment.

— Est-ce que cela conviendrait?

Prudence brandissait un grand châle blanc mousseux garni de paillettes argentées.

— Ma fille, vous me surprenez! C'est parfait. Vous permettez qu'on le retaille un peu, Edwina?

— Ou... oui. Pourquoi pas?

Flora se mit aussitôt au travail. Un quart d'heure

plus tard, le châle s'était transformé en une courte tunique d'inspiration grecque, maintenue en place par la cordelette argentée. Les pans furent drapés sur les manches de la robe et fixés avec des agrafes en strass en forme d'étoiles.

Pendant ce temps, Prudence – qui, décidément, ne cessait de les étonner – avait confectionné un merveilleux bandeau avec de la soie blanche et un morceau de la cordelette argentée destiné à être tressé dans la chevelure. Flora l'arrêta d'un geste lorsqu'elle voulut y ajouter une plume, et fixa à la place l'épingle en forme de croissant.

Le résultat était époustouflant.

— Tu ressembles à la déesse de la lune, souffla Prudence, émerveillée.

— Vous êtes tout à fait ravissante, renchérit Flora en tournant autour d'Edwina pour admirer le résultat. Il reste encore quelques finitions, bien entendu. Il faudra faire un ourlet au décolleté. Rien de très compliqué. Vous savez coudre, je suppose ?

Edwina prit un air contrit, et ce fut Prudence qui répondit :

— Moi, je sais.

Elle sortit un nécessaire de son réticule, et fit un travail remarquable en moins de temps qu'il n'en faut pour le dire. Flora était aux anges.

— Voyons si vous possédez une paire de mules convenables, décréta-t-elle ensuite. Oui, celles-ci feront l'affaire. Et vous porterez les pendants d'oreilles en strass. Avec cela, vous ferez assurément tourner toutes les têtes demain soir.

Edwina était tout étourdie. Elle se contenta de serrer tour à tour les deux femmes dans ses bras.

— Vous venez de me sauver la vie, toutes les deux. Mais... je ne saurai jamais refaire ces arrangements correctement toute seule. Serait-ce trop vous demander...

— Ne vous inquiétez pas, coupa Flora. Je passerai demain soir.

— Moi aussi, promit Prudence.

— Vous avez l'œil, ma fille, dit Flora à cette dernière. La prochaine fois, nous nous occuperons de vous. Il serait temps d'attirer l'attention du beau Nicolas, non ?

— Oh, Flora !

Prudence, qui avait rougi jusqu'aux oreilles, évitait le regard d'Edwina.

Ainsi, c'était vrai ? Prudence avait un faible pour son frère. En ce cas, elle aurait bien besoin de l'aide de Flora. Nicolas ne pouvait s'empêcher de flirter avec tout ce qui portait jupon, mais Edwina était certaine qu'il n'avait jamais regardé du côté de Prudence.

— Mais pour l'instant, reprit Flora, nous devons aider Edwina à gagner son pari. Anthony sera très fier de vous avoir à son bras, ma chère. Surtout pour cette soirée particulière.

— Qu'a-t-elle de particulier ? interrogea Edwina. Hormis le fait qu'il s'agit d'une soirée de bienfaisance, bien sûr.

— Il s'agit d'une œuvre de bienfaisance nouvellement créée, expliqua Flora. Le fondateur y a investi beaucoup d'argent.

— C'est merveilleux, commenta Edwina tout en jouant négligemment avec les pompons qui pendaient à la cordelette argentée qui lui ceignait la taille.

— C'est Anthony le fondateur.

— *Quoi ?* s'écrièrent en chœur Edwina et Prudence.

— Vous avez bien entendu. Il s'est démené pour que son nom soit gardé secret, mais j'ai mes informateurs, ajouta Flora en souriant.

Anthony avait fait cela ? Edwina était si fière de lui ! Elle avait deviné juste : son âme n'était pas totalement corrompue par le jeu et les plaisirs. Pour la première fois depuis huit ans, elle sentit que son cœur se déverrouillait dans sa poitrine, et elle en éprouva une grande joie.

—Puis-je vous demander ce que vous faites ici, Flora ?

Anthony était arrivé en avance et patientait dans le hall, le cœur battant.

—Je vous préviens, reprit-il. J'espère que je ne reconnaîtrai aucune pièce de votre garde-robe lorsqu'elle descendra !

—Vous la connaissez mal, mon ami. Vous aviez beau n'avoir aucun moyen de savoir si elle porterait quelque chose de neuf, puisque vous ne l'avez jamais vue en robe de soirée, elle a voulu honorer mot pour mot les termes de votre stupide pari.

—Je suis ravi de l'apprendre, mais il n'empêche que...

Un mouvement dans l'escalier attira son attention et il s'interrompit. Le spectacle qui s'offrait à sa vue lui coupa le souffle. Une étoile tombée du firmament descendait les marches ! La blancheur de sa robe mettait en valeur sa chevelure et ses yeux sombres, et les strass et fils d'argent qui l'ornaient faisaient comme un halo scintillant.

Il lui tendit la main et, lorsqu'elle la prit, il fut tenté de froisser toute cette merveille de pureté et de blancheur, et d'oublier l'Opéra. Plus tard, espéra-t-il.

—Madame, votre beauté m'éblouit, parvint-il à articuler en inclinant le buste. Vous êtes magnifique.

Edwina le regarda droit dans les yeux, puis le gratifia d'un sourire qui le traversa de part en part.

— Merci, Anthony. Vous êtes vous aussi fort élégant.

Un petit soupir venant de l'étage fit lever les yeux à Anthony. Prudence contemplait la scène avec un drôle de regard rêveur.

— Anthony a tout fait pour vous mettre en valeur, observa Flora en jetant un coup d'œil amusé au gilet brodé d'or. Il est le soleil, vous la lune. Vous allez voler la vedette à la Billington!

Tony sourit et aida Edwina à draper sur ses épaules un châle de soie vert émeraude du plus bel effet.

— Oh, ma chère, vous oubliez ceci! s'exclama Flora.

Elle tendit à Edwina un petit carnet ivoire, ainsi que des jumelles de théâtre. Devant le regard interrogateur de cette dernière, elle expliqua :

— Observez attentivement les personnes présentes, et prenez des notes sur leur tenue. Je m'en servirai pour ma prochaine chronique de mode.

— Vous voulez que je prenne des notes sur la mode? *Moi ?*

— C'est l'occasion ou jamais, rétorqua Flora. Anthony vous dira le nom des dames si vous ne les connaissez pas, et il vous suffira de décrire brièvement leurs toilettes, bijoux et accessoires. Simple, non?

Edwina n'osa répliquer. Avec un soupir, elle glissa le carnet et les lunettes dans son réticule, et Tony et elle quittèrent la maison.

Une fois dans la voiture, Tony demeura muet, incapable de détacher les yeux de sa ravissante compagne. Dans l'habitacle confiné, il sentait avec une acuité particulière son parfum, un mélange exotique de senteurs épicées qui lui allait à merveille.

— Eh bien, monsieur, êtes-vous satisfait ?

— Je suis comblé, avoua-t-il. Même si je sais que j'ai déjà perdu mon pari. Je vais devoir vous protéger des regards incendiaires de toutes les dames… sans parler de ceux, lubriques, des messieurs !

— Vous êtes très galant, mais je crains que nous n'arrivions pas à temps avec tous ces encombrements. Nous avançons à peine.

Tony ne s'en souciait guère. Il aurait volontiers passé toute la soirée avec elle dans la voiture. Et il avait une idée très précise de la façon dont il emploierait son temps…

— Mais si vous ne rapportez pas un compte rendu détaillé de la soirée, Flora ne vous le pardonnera jamais.

— Elle sera surtout désolée quand elle verra le résultat, répliqua-t-elle.

— Comment ? Vous partez perdante ? Voilà qui n'est pas digne de vous ! Quant à moi, je parie que vous vous en sortirez très bien.

— Mais chacun sait que vous parieriez sur n'importe quoi.

— De même que vous ne refusez jamais un défi.

— Vous proposez un nouveau pari, monsieur ?

— Oui. Puisque je suis certain d'avoir perdu, au sujet de votre toilette, donnez-moi une autre chance !

— Avec les mêmes enjeux ?

— Pourquoi pas ? Une faveur au choix du gagnant, avec les mêmes restrictions. Quel que soit le résultat, la soirée promet d'être intéressante, vous ne croyez pas ?

Leurs regards se croisèrent, et il aurait juré qu'elle pensait la même chose que lui. Il savait déjà quel serait son vœu. Et il priait pour qu'elle fît le même !

— Inscrivons-nous ce nouveau pari dans votre carnet rouge ? s'enquit-elle d'une voix plus rauque que d'ordinaire.

— Inutile. Nous pouvons simplement sceller notre accord à la manière habituelle.

Il lui prit le menton et s'inclina vers elle.

Elle laissa échapper un petit soupir lorsque leurs lèvres se joignirent. Leur baiser fut tendre et profond. Ils se délectaient l'un de l'autre, sans aucun sentiment d'urgence. Tony délaissa ses lèvres un instant pour embrasser son long cou gracile. Il s'emparait à nouveau de sa bouche, plus passionnément, cette fois, lorsque la voiture fit une embardée qui les sépara, et les ramena à la réalité.

— Croyez bien que j'aimerais prolonger cette délicieuse activité, dit-il en soupirant, mais je crains de déranger votre toilette et votre charmante coiffure. Je ne voudrais pas vous faire perdre notre premier pari. Votre bandeau a légèrement glissé, me semble-t-il.

Edwina sourit et rajusta sa coiffure, puis sa tunique.

— Merci.

— Je crains d'avoir déjà exaucé l'un de mes vœux, avant même d'avoir gagné. Pardonnez-moi, mais vous êtes irrésistible, ce soir.

Elle lui sourit de nouveau, et il s'enhardit.

— Une fois de plus, vous m'avez prouvé que vous saviez faire plaisir à un homme, et je ne peux m'empêcher de me demander qui vous a appris. Vous m'avez avoué avoir été amoureuse, autrefois...

— C'était il y a longtemps.

— Racontez-moi.

Il sentit qu'elle se raidissait, et regretta un instant d'avoir abordé le sujet. Toutefois, il avait absolument besoin de savoir contre qui il devait rivaliser.

— C'était un Français, commença-t-elle. L'un des chefs du groupe des Girondins. Je l'ai suivi à Paris pour soutenir les idées républicaines. Vous savez comment cela s'est terminé...

Tony se sentit soudain très mal à l'aise. Il ne s'attendait pas à cela.

— Faisait-il partie des Girondins qui ont été envoyés à la guillotine ? risqua-t-il cependant.

— Oui.

Il s'empara de sa main et la serra très fort entre les siennes.

— Je suis désolé, Edwina. C'était indélicat de ma part de vous interroger sur ce sujet.

Elle le gratifia d'un faible sourire.

— Ne vous faites aucun reproche. Comme je vous l'ai dit, c'était il y a longtemps.

Tony demeura silencieux un moment.

— Voudriez-vous me parler de cette époque, de ce que vous avez vécu, si ce n'est pas trop douloureux, bien sûr ?

Elle lui raconta. Légèrement réticente au début, elle se montra de plus en plus volubile tandis qu'il la questionnait sur les gens et la politique. Il fit de son mieux pour éviter les questions touchant à Gervaise de Champdivers. Elle n'avait pas précisé qu'ils avaient été amants, mais il l'avait deviné, de même qu'il avait compris qu'il avait été le grand amour de sa vie. L'homme était toutefois si intimement lié aux événements qu'ils évoquaient qu'il était presque impossible de ne pas mentionner son nom. Edwina parlait cependant de lui d'un ton presque serein, si bien que Tony n'avait pas l'impression de se montrer trop indiscret. Elle se confiait à lui comme à un ami, et cela lui réchauffa le cœur.

De découvrir qu'elle avait connu la prison avait été un choc. Il souffrait de ce qu'elle avait enduré et aurait voulu la consoler, mais il savait qu'elle n'en avait pas besoin. Elle était forte, elle avait survécu, envers et contre tout. C'était une femme remarquable, et il était éperdument amoureux d'elle, il ne pouvait plus le nier. Il était plus déterminé que jamais à briser les barreaux de sa cage, mais uniquement pour qu'elle s'envolât avec lui.

— Je suis profondément désolé que vos rêves aient été détruits de manière aussi cruelle, Edwina. J'espère seulement que vous n'avez pas cessé de rêver. La vie continue, malgré tout.

— Je sais, mais je ne rêve plus guère.

Elle le fixa intensément, comme si elle le voyait pour la première fois.

— Mais, parfois, il se produit un événement inattendu qui me donne envie de recommencer à rêver.

Le cœur de Tony s'arrêta de battre. Il espérait être l'un de ces événements.

— La paix qui vient d'être signée, par exemple.

Il aurait dû s'en douter! La déception fut telle qu'il dut détourner les yeux.

— Vous pensez qu'elle va durer? demanda-t-il. Vous croyez en ce Bonaparte?

— J'espère qu'elle durera. Quant à Bonaparte, il a au moins réussi à apporter une certaine stabilité à une nation au bord du chaos.

— Personnellement, je ne lui fais pas du tout confiance, soupira Tony. Mais j'étais, moi aussi, fatigué de la guerre, et prêt à célébrer la paix. Ah, nous sommes arrivés! ajouta-t-il. Venez, Edwina, le Tout-Londres vous attend.

13

Edwina arrangea les plis de sa tunique, remit en place la cordelette argentée qui la retenait, et respira à fond. La première femme qu'elle aperçut était drapée dans de la soie rose et arborait un turban surmonté d'une énorme broche de topaze. Celle-ci lui décocha un regard de profond dédain, releva le menton et glissa le bras sous celui du gentleman qui l'escortait. Un peu trop vivement, peut-être, car l'homme se retourna, haussa les sourcils, et gratifia Edwina d'un sourire admiratif.

—C'est ce qui s'appelle une victoire totale, souffla Anthony. Félicitations, ma chère. Vous êtes en droit de me demander une faveur.

—Nous verrons cela après le spectacle.

Tony lui offrit le bras avec un sourire charmeur.

—À propos, c'était Lady Craig, si vous voulez prendre des notes.

—Oh, merci. Rappelez-le-moi lorsque nous serons installés dans la loge. Elle porte une sorte de... veste de soie rose.

—Une casaque en crêpe bois de rose, rectifia-t-il.

Alors qu'ils se frayaient un chemin dans le grand hall du théâtre, Tony indiqua discrètement à Edwina quelques personnalités à mentionner absolument. Toute la bonne société londonienne semblait s'être donné rendez-vous. La soirée promettait d'être un succès, et il devait en être fier.

Edwina, en tout cas, était fière de lui ! Dès qu'elle en aurait l'occasion, elle l'interrogerait sur la façon dont il comptait utiliser l'argent recueilli, et lui demanderait en quoi elle pouvait l'aider. Encore fallait-il qu'il admette son implication, bien entendu.

Elle était heureuse de lui avoir parlé de la France. Cela lui avait été plus facile encore qu'avec Flora. Elle s'était sentie si proche de lui. Il lui semblait qu'après le délicieux interlude de leur baiser, quelque chose avait changé entre eux. C'était comme une sorte de révélation. Un bouleversement intérieur.

À sa manière douce, il prenait petit à petit possession de son cœur, et cela la remuait jusqu'au tréfonds.

— Edwina !

La voix familière la tira de sa rêverie.

— Simon ! Eleanor ! Quel plaisir de vous voir !

Ils s'étreignirent chaleureusement, et Edwina retint leurs mains dans les siennes.

— Vous rayonnez tous les deux. Quand êtes-vous rentrés ?

— Hier, répondit Simon. Nous n'avons même pas encore défait nos bagages, ce qui explique que nous ne soyons pas encore passés à Golden Square.

— Dieu du Ciel, Edwina, tu es sublime ! intervint sa femme.

— Oh, mais je doute de pouvoir rivaliser avec un couple de radieux jeunes mariés. Seigneur, que je suis impolie ! Permettez-moi de vous présenter M. Morehouse.

Tony baisa la main d'Eleanor et serra celle de Simon.

— Morehouse ? Seriez-vous...

— Oui, Simon, coupa Edwina. C'est le nouveau propriétaire de *La Vitrine*.

— Quant à vous, je me suis laissé dire que vous étiez chargé du courrier du cœur, fit Tony.

— Chut! souffla Simon en regardant autour de lui d'un air faussement inquiet. Je préférerais que ce petit secret le demeure.

— Morehouse! Vieux frère!

Tony chercha d'où venait la voix claironnante qu'il connaissait bien, puis s'excusa pour aller rejoindre un jeune homme blond vêtu de façon extravagante.

Eleanor attrapa Edwina par le bras et, baissant la voix, déclara :

— Il est magnifique! Excuse-moi, Simon, mais le mariage ne m'empêche pas d'apprécier la beauté masculine, ajouta-t-elle à l'adresse de son mari.. Je m'attendais à un ogre, et c'est un prince charmant!

— Nick m'a raconté votre pari dans l'une de ses lettres, expliqua Simon. J'avoue que je suis surpris de vous voir tous les deux en si bons termes.

— Nous sommes bons amis, c'est tout, répliqua Edwina. Mais j'ai bien l'intention de gagner le pari et de diriger enfin *La Vitrine*.

Simon inclina la tête de côté, l'air sceptique.

— Tu as rougi, ma chère. Serais-tu de nouveau amoureuse, après toutes ces années?

Edwina haussa les épaules.

— Mais c'est merveilleux, fit Eleanor. Crois-en mon expérience, lorsque l'on aime, et que l'on est aimée en retour, il ne faut pas perdre de temps à se lamenter sur le passé. *Carpe diem!*

— Il est grand temps que tu recommences à vivre, renchérit Simon.

— C'est bien mon avis.

Edwina sursauta. Elle n'avait pas entendu Tony s'approcher et s'inquiéta de ce qu'il avait pu entendre.

— C'est pour cette raison que je l'ai invitée ce soir, continua-t-il. Elle passe trop de temps enfermée dans son bureau à travailler. À présent, si vous voulez bien nous excuser, je pense que nous devons rejoindre notre loge. Très honoré d'avoir fait votre connaissance.

Il s'inclina et voulut entraîner Edwina.

— Un instant, s'il vous plaît, l'arrêta-t-elle. Eleanor, pourriez-vous me décrire votre toilette ?

— Ma toilette ? répéta son amie, perplexe.

— Oui. Comment appelle-t-on ce drapé sur l'épaule ?

— Oh. C'est la mante de Vénus. Ce n'est qu'un simple morceau de tulle enroulé dans le dos et agrafé ici, vous voyez ? C'est ma cousine qui m'a montré comment faire. Elle raffole de cette mode inspirée de l'Antiquité.

— C'est ravissant. Et quel nom donne-t-on à ces bordures en dents de scie au bas de la robe et des manches ?

— Des ruchés à la Van Dyck.

— Et le... les fils qui ornent votre coiffure ?

— Un filet, tout simplement.

Edwina la remercia, puis consentit à suivre Tony.

— Vous avez été parfaite, lui murmura-t-il en gravissant l'escalier.

— Qui était le gentleman qui vous a hélé ? s'enquit-elle. Celui qui me scrutait à travers son lorgnon ?

— Lord Skiffington, un ami. Regardez à votre droite. C'est la vicomtesse Downe. Elle porte un jupon de gaze de soie crème sous une robe de satin rose garnie de festons de dentelle.

Edwina le regarda, sidérée.

— Mais comment savez-vous tout cela ?

— Je lis *La Vitrine des élégantes*.

Elle éclata de rire, ce qui lui attira quelques regards féminins dédaigneux

Lorsqu'ils furent enfin installés dans leur loge, elle regarda autour d'elle, émerveillée. Elle aimait l'opéra, mais ses revenus ne lui avaient jamais permis d'être aussi bien placée.

Sans attendre, elle sortit son carnet, griffonna quelques notes, puis s'intéressa de nouveau aux élégantes qui remplissaient la salle.

— Oh, la duchesse du Devonshire occupe la loge en face de la nôtre ! remarqua-t-elle. Ainsi que Lady Bessborough. Voyons ce qu'elles portent... La duchesse est vêtue d'une robe de... mousseline ?

— De mousseline gaufrée, précisa Anthony qui braquait ses jumelles sur la duchesse.

— Posez ces jumelles, lui ordonna Edwina.

— Pourquoi ? Tout le monde fait de même. Pour votre gouverne, sachez qu'en cet instant plusieurs paires de jumelles sont dirigées sur vous.

Edwina ne put que constater qu'il avait raison.

— Je les intrigue parce qu'ils ne me connaissent pas.

— Ils admirent surtout votre beauté, ma chère. Vous éclipsez toutes les femmes présentes, et ils meurent d'envie de savoir qui vous êtes. Cela vous met-il mal à l'aise ?

— Un peu, avoua-t-elle. Mais je devrais m'y habituer. En tout cas, j'hésiterais moins à utiliser mes propres jumelles si besoin est. Bien, revenons à la duchesse. Une robe de mousseline gaufrée et une étole marron...

— Jamais de marron, ma chère ! s'écria Tony. Bistre, tabac, mordorée à la rigueur. La saison dernière, nous aurions dit « feuille morte », ce soir, nous dirons « terre d'Égypte ».

Edwina pouffa de rire derrière sa main.

— Donc, une étole couleur « terre d'Égypte » croisée dans le dos et lâche sur le devant.

— Je dirais plutôt : une ravissante étole d'organdi, d'une teinte évoquant la terre d'Égypte, élégamment nouée dans le dos et dont les pans retombent négligemment sur la poitrine.

— Ainsi qu'un petit chapeau blanc orné de plumes ? suggéra-t-elle.

— Une *exquise* toque de satin blanc, ornée d'une pluie de petites plumes d'autruche roses inclinées sur l'oreille.

Edwina, qui notait scrupuleusement, s'arrêta soudain.

— Seigneur, comment faites-vous ?

— Tout est une question de langage, ma chère, assura Tony. La plus ridicule des toilettes peut apparaître sublime dès lors qu'on utilise un vocabulaire approprié.

— Bien. J'essaie avec la dame dans la loge de gauche. Elle porte une robe jaune...

— Jonquille.

— Bordée de... d'une garniture...

— Ornée d'un bouillonné aux poignets et à l'encolure.

— Elle est coiffée d'une sorte de turban...

— Un serre-tête.

— ... fait du même tissu de couleur *jonquille*, enroulé sur une cordelette argentée...

— Tressée de fils d'argent.

— Vous avez raté votre vocation, mon cher, déclara Edwina en riant. J'aurais dû vous charger de la rubrique mode !

— Non, merci. Je me contente de vous expliquer comment procéder. Il suffit de retenir quelques termes de base, et d'enjoliver le tout. Vous verrez, c'est facile.

Essayez sur le colonel Hamilton, la troisième loge en face, vous la voyez ?

— Oui. Sa capeline est en satin beige...

— Chamois.

— Du satin chamois recouvert de dentelle, et ornée d'une... charmante rosette sur le côté.

— Parfait. Vous progressez. Essayez maintenant avec Lady Julia Howard. Deux loges sur notre gauche... la brune.

Edwina porta les jumelles à ses yeux.

— Elle est vêtue d'une robe de mousseline ajourée, sur un jupon de satin blanc. Le corsage est agrémenté de rubans rouges – pardon, coquelicot – entrecroisés... qui font écho au seyant ruché qui borde les manches. Alors, que dites-vous de cela ?

— Je dis que je vais perdre mon second pari.

Edwina fredonnait en remontant en voiture. Tony crut reconnaître le grand air d'*Alceste* et sourit.

— C'était merveilleux, n'est-ce pas ? s'emballa-t-elle. Je ne me souviens pas d'avoir jamais assisté à un pareil spectacle.

— Si la Billington a obtenu un triomphe, vous aussi, commenta-t-il. Vous avez gagné deux paris dans la même soirée.

Elle haussa les épaules et prit un air penaud.

— Tout le mérite en revient à Flora et à Prudence pour le premier, et à vous pour le second. Cela me semble donc un peu injuste.

— Cela signifie-t-il que vous renoncez aux faveurs que je vous dois ?

— Certainement pas ! Je tiens à les obtenir. La première, sur-le-champ, et je réserve la seconde pour plus tard.

— Je bous d'impatience, madame. Rappelez-vous, le vœu doit être personnel. Rien qui concerne *La Vitrine* ni les malheureux du monde entier.

— Il faut dire que, ce soir, vous avez fait beaucoup pour eux.

— Pardon ?

Bon sang, comment avait-elle su ?

— Je suis désolée, dit-elle. Je sais que vous vouliez garder cela secret, mais il se trouve que je l'ai appris. Et je suis très fière de vous, Anthony.

L'émotion lui coupa la parole. Il demeura immobile, tête baissée, savourant cet instant. Sa première joie lui était venue de son père, qui lui avait envoyé un billet le félicitant « de faire enfin quelque chose de sa vie ». Les termes étaient crus, mais qu'importe !

— Merci, murmura-t-il. Mais je ne voulais pas que vous sachiez. Je ne voudrais pas que vous pensiez...

— Que vous avez fait cela pour moi ?

Il leva les yeux.

— Je l'ai fait pour moi, Edwina. Sans doute pour me racheter de la vie que je mène. Pour faire enfin quelque chose d'utile. Je ne l'ai pas fait *pour* vous, mais *grâce* à vous. Vous m'avez ouvert les yeux sur le monde qui m'entoure. Vous m'avez appris ce que les mots « humble » et « désintéressé » signifient.

Un rayon de lune éclairait le visage d'Edwina, et Tony découvrit avec stupeur des larmes scintiller dans ses grands yeux sombres.

— Oh, Anthony ! murmura-t-elle. Vous me donnez envie de pleurer.

— Non, je vous en supplie, dit-il en s'emparant de sa main. Je perds tous mes moyens devant une femme qui pleure. Vous me feriez passer pour un goujat. Si nous parlions plutôt de cette faveur que je vous dois ?

Elle croisa son regard, et le temps parut se suspendre un instant.

— J'aimerais que vous m'embrassiez de nouveau.

Le cœur de Tony fit un bond dans sa poitrine. Sans la quitter des yeux, il lui caressa doucement la joue.

— Je n'avais encore jamais eu de gage plus agréable, madame. Je vous l'accorde volontiers.

S'inclinant vers elle, il déposa une pluie de baisers sur son visage, avant de capturer ses lèvres offertes. Elle soupira, et une bouffée de désir l'embrasa. Violent, torride, impossible à contrôler. Tandis qu'il écrasait sa bouche pulpeuse sous la sienne, il s'enhardit à lui caresser la nuque, puis le dos, jusqu'aux reins, qu'elle cambra pour se presser contre lui. Nouant les bras autour de son cou, Edwina lui rendait ses baisers avec ardeur, en haletant de plaisir. Fou de désir, Tony la plaqua contre sa virilité dressée, ses mains parcourant son corps avec une audace croissante... Le sang lui battait aux tempes, et il s'apprêtait à la renverser sur la banquette, lorsque la voiture s'immobilisa brusquement. Ils avaient atteint leur destination.

Tony lâcha ses lèvres, mais continua à lui mordiller le cou et la gorge.

— Vous êtes arrivée chez vous, lui souffla-t-il finalement à l'oreille avant de s'écarter à regret.

Edwina se redressa, le souffle court.

— Merci, Anthony. C'est l'un des plus beaux gages que j'aie jamais reçus.

Ils rajustèrent tant bien que mal leur mise, sachant que, quels que soient leurs efforts, quiconque les verrait sortir de la voiture n'aurait aucun mal à deviner ce qui venait de s'y passer. Restait à espérer que Nicolas n'attendait pas sa sœur dans l'entrée !

Et dans ce cas, Edwina lui proposerait-elle de monter à sa chambre terminer ce qu'ils avaient commencé ? Était-elle prête pour l'étape suivante ?

Il lui tendait la main pour l'aider à descendre lorsqu'il s'aperçut qu'elle fronçait les sourcils.

— Anthony, il se passe quelque chose ! s'écria-t-elle en sautant à terre. Regardez ! Il y a des attelages devant la maison, et les pièces du rez-de-chaussée sont éclairées.

— Je reconnais la voiture de Flora, dit-il.

Edwina se rua vers la porte, qui fut ouverte par une Prudence à la mine décomposée.

— Ils sont là, hurla-t-elle à la cantonade.

Tony suivit Edwina dans l'entrée, et n'en crut pas ses yeux : Flora, Prudence et Nicolas s'agitaient et parlaient tous en même temps, groupés autour de Madge, plus ébouriffée et débraillée que jamais.

— Ce n'est pas la faute de Madge, c'est la mienne, disait Flora.

— J'suis désolée...

— Il faut les récupérer, tempêta Nicolas.

— Arrêtez ! cria Edwina en levant la main avec autorité.

Lorsque le calme fut revenu, elle ordonna :

— À présent, expliquez-moi ce qui se passe chacun votre tour. Je t'écoute, Prudence.

— Il y a eu des mélanges dans les épreuves du dernier numéro...

Elle s'interrompit et prit une profonde inspiration, après avoir lancé un coup d'œil embarrassé à Anthony.

— Les épreuves du magazine se sont trouvées accidentellement mêlées à... d'autres épreuves.

— Tout est ma faute, gémit Madge. Je les ai portées chez l'imprimeur toutes ensemble. Je savais pas que c'étaient des choses différentes...

— Non, c'est moi la fautive, intervint Flora. Vous ne pouviez pas savoir…

— Si je comprends bien, coupa Edwina d'une voix tendue, des feuillets qui n'ont rien à voir avec le magazine ont été imprimés avec, c'est cela ?

— En gros, oui, répondit Nicolas. L'un de mes… projets se retrouve dans le magazine, dont les exemplaires viennent d'être distribués aux revendeurs.

— Oh, non ! souffla Edwina, soudain très pâle.

— J'étais au café avec Thurgood, quand Flora est venue m'avertir, reprit Nicolas. Nous avions besoin de toute l'aide possible, c'est pourquoi je suis passé prendre Madge… Nous étions en train de chercher une solution pour arrêter la machine lorsque tu es arrivée.

— Seigneur ! À quelle heure les magazines ont-ils été distribués ?

— Vers 21 h 30, répondit Prudence.

— Alors, il reste peut-être une chance que les malles-poste ne soient pas encore passées, dit Edwina. Sinon…

— Sinon, nous allons au-devant de graves ennuis, termina Nicolas.

Tony demeurait perplexe. Il trouvait leurs réactions à tous disproportionnées. Après tout, il ne s'agissait que de quelques pages mélangées par erreur. Visiblement, l'enjeu lui échappait.

— Arrêtez-moi si je me trompe, intervint-il. Nicolas, l'un de vos écrits, qui n'a rien à voir avec *La Vitrine*, s'est trouvé imprimé par erreur dans le magazine, c'est bien cela ?

— Oui.

— Et de quoi s'agit-il, pour que vous soyez tous aussi bouleversés ?

Nicolas se racla la gorge.

— D'un pamphlet politique, sur... hum, l'émancipation des catholiques irlandais.

Edwina laissa échapper un son étranglé, tandis que Flora secouait la tête.

— Bon sang !

Tous les regards convergèrent vers Edwina, qui ne jurait jamais. Elle était rouge de fureur.

— Nous devons récupérer tous les exemplaires de *La Vitrine*. Les trois mille quatre cent vingt-deux magazines. Et sur-le-champ !

Au temps pour lui et ses projets amoureux, songea Tony.

Il n'était pas certain d'avoir compris la raison d'une pareille fureur, mais il devinait que c'était le sujet plus que l'erreur d'impression qui la motivait. De façon fort compréhensible, Edwina devait craindre la réaction de certaines de ses lectrices.

— Vous avez raison, Edwina, approuva-t-il. Un pamphlet sur un tel sujet serait malvenu dans les pages de *La Vitrine*.

— En effet, dit-elle brièvement. Mais l'heure n'est plus à la discussion. Il faut agir sans tarder.

14

— Le voilà.

Anthony brandit sous le nez d'Edwina le paquet de l'imprimerie Imber qui portait la mention *CDE, OCT, 30 copies* en gros caractères.

— Dépêchez-vous, murmura-t-elle. J'entends des pas.

Coinçant le paquet sous son bras, il lui prit la main et l'entraîna dans l'escalier de service. Il s'arrêta si abruptement qu'elle se cogna dans son dos.

— B'soir! dit-il d'une drôle de voix.

— Eh! Qu'est-ce que vous faites dans la cour de Jackman à une heure pareille?

Anthony gloussa et feignit de tituber.

— On fait que s'amuser, mon vieux, répondit-il d'une voix pâteuse.

Il tira Edwina, qui tentait de se cacher derrière lui, la prit par les épaules, puis lui plaqua un baiser sonore dans le cou.

— On peut bien s'amuser un peu, non?

L'homme éclata de rire.

— C'est un beau brin de fille que vous avez là! Je m'amuserais bien avec elle, moi aussi.

Pas étonnant qu'il prît Edwina pour une fille de petite vertu. Elle s'était changée et portait une tenue sombre qui paraissait bien terne à côté des habits de soirée de Tony.

— Trouve-toi une femme, mon vieux, répliqua ce dernier en resserrant son étreinte. Celle-ci est à moi !

— D'accord, d'accord, pas la peine de se fâcher.

L'homme haussa les épaules et s'éloigna. Tony et Edwina foncèrent dans la ruelle où la voiture les attendait.

— Alors, beau brin de fille, fit-il une fois à l'intérieur, on s'en est bien sortis, non ?

Ils se regardèrent et éclatèrent de rire.

— Nous ne devons pas traîner, réussit-elle à articuler dans un hoquet. Nous n'avons pas fini.

Récupérer les magazines au bureau de poste leur avait été facile, puisqu'ils en étaient les expéditeurs, mais cela avait pris du temps, car ils devaient cocher soigneusement le nom de chaque destinataire lorsqu'ils trouvaient le paquet. Il restait une cinquantaine de points de vente disséminés dans la ville, et ils s'étaient réparti la tâche par secteur géographique. Tony et Edwina se chargeaient des environs du bureau de poste, tandis que Madge et Flora, d'une part, et Prudence et Nicolas, de l'autre, avaient été affectés à des quartiers plus éloignés. Edwina avait également pris soin d'écrire un billet à l'intention de chaque libraire, qui serait glissé sous leur porte, pour s'excuser et les assurer d'un prochain approvisionnement dès que le magazine serait réimprimé.

— Où allons-nous maintenant ?

Edwina consulta sa liste.

— Ludgate Hill, deux boutiques. Puis une autre dans le Strand, et ce sera terminé. Je suis désolée de vous avoir entraîné dans cette aventure, Anthony.

— Vous savez bien que j'adore le risque !

La lueur espiègle qui brillait dans ses yeux prouvait, en effet, qu'il prenait un grand plaisir à cette expédition nocturne.

— Quoi qu'il en soit, vous avez joué votre rôle à la perfection tout à l'heure, le félicita-t-elle. Vous auriez fait un excellent acteur.

La lueur d'amusement disparut de son regard, qui se fit soudain intense.

— Ce n'était pas un rôle difficile, murmura-t-il.

Edwina ressentit un coup au cœur. Il n'avait jamais fait mystère du désir qu'elle lui inspirait – et si elle en avait douté les baisers et les caresses échangés au retour de l'Opéra auraient achevé de la convaincre – Elle aussi le désirait. À vrai dire, elle avait même envisagé de lui proposer de passer la nuit avec elle, s'il n'y avait eu tout ce remue-ménage dans le hall... Elle ne put réprimer un soupir de regret.

Le fiacre s'arrêta, la ramenant au présent.

Ils n'eurent aucune difficulté à récupérer le paquet marqué *CDE* dans l'entrée de la première boutique. La seconde se trouvait à deux pas. On y pénétrait par un petit escalier qui menait à une courette. Les colis étaient bien en vue, empilés devant la porte. Un concert d'aboiements les cloua sur place.

Un énorme chien à l'air féroce était attaché à une courte chaîne au bas des marches.

— Quel monstre ! s'exclama Tony.

— En général, je m'entends bien avec les chiens. Voyons voir...

— Je ne crois pas que ce soit une bonne idée, observa Tony.

Ignorant sa remarque, elle s'approcha du chien la main tendue.

— Bon chien... Gentil, gentil...

Le molosse tira sur sa chaîne et montra les dents en grognant. Tony enroula le bras autour de la taille d'Edwina et la tira en arrière.

— Bon sang, vous êtes folle ! Cette bête pourrait vous tuer.

— Mais il faut récupérer ces magazines, Anthony. Essayons tous les deux.

Ils descendirent les marches une à une, prudemment. Tony saisit la chaîne près du collier en murmurant des mots apaisants. Le chien les regardait d'un œil torve mais s'était tu. Se glissant derrière son compagnon, Edwina réussit à attraper le colis qu'elle avait repéré. Alors qu'ils rebroussaient chemin et grimpaient l'escalier quatre à quatre, le molosse se remit à aboyer. Et Edwina se retrouva nez à nez avec le canon d'un fusil.

— Vous allez me donner ce paquet bien gentiment, madame.

L'homme aux larges épaules semblait déterminé.

— S'il vous plaît, laissez-moi vous expliquer...

— Donnez-moi ça, coupa-t-il. Tout de suite.

Edwina s'exécuta, et il examina le paquet tout en gardant son fusil pointé sur elle. Lorsqu'il leva les yeux, son expression était un mélange de perplexité et d'exaspération.

— C'est une blague ou quoi ? Vous affrontez mon chien pour quelques magazines féminins ?

— Nous allons vous expliquer, intervint Anthony.

— J'espère bien ! Je serais curieux de savoir ce que vous fabriquez dans mon arrière-cour au beau milieu de la nuit !

— Vous êtes M. Pritchard ? s'exclama Edwina.

— Bien sûr. Qui d'autre ? Et vous, qui diable êtes-vous ?

— Je suis Edwina Parrish, l'éditrice de *La Vitrine des élégantes*, et voici M. Morehouse, le propriétaire. Nous avions préparé un billet pour tout vous expliquer. Voyez-vous, une... erreur s'est glissée dans le magazine, et nous l'avons découverte trop tard. Nous devons absolument récupérer tous les exemplaires avant qu'ils ne soient mis en vente.

Pritchard baissa son arme et lut le billet qu'Edwina lui avait remis.

— Eh bien, l'erreur doit être d'importance! commenta-t-il. C'est bon, reprenez votre paquet et déguerpissez, que je puisse me recoucher, et les voisins aussi.

Ils regagnèrent la voiture en silence. Edwina craignait que Tony ne lui en veuille de cet incident, mais lorsqu'elle se risqua à le regarder, il lui sourit.

— Venez ici, ordonna-t-il.

Elle se blottit contre lui, et il l'enveloppa de son bras.

— Vous êtes la femme la plus intrépide et la plus obstinée que j'aie jamais rencontrée. Et je vous adore.

Il lui embrassa le sommet du crâne et la tint serrée contre lui jusqu'à la dernière boutique, où tout se passa sans encombre.

Les premières lueurs de l'aube teintaient le ciel à l'horizon lorsqu'ils arrivèrent à Golden Square. Les autres étaient déjà rentrés, et les colis s'empilaient sur la table de la salle à manger. Lorsqu'ils se furent assurés que les trois mille quatre cent vingt-deux exemplaires étaient bien là, ce fut une explosion de joie. Nicolas les entraîna dans le salon du premier étage et sortit une bouteille de cognac. Ils parlaient tous en même temps, chacun voulant raconter ses aventures.

— Madge a dû rabrouer quelques gentlemen en goguette, et aussi quelques voyous qui réclamaient nos faveurs, dit Flora en riant.

— Quant à nous, nous avons été poursuivis par deux policiers qui faisaient leur ronde et nous ont pris pour des voleurs, expliqua Nicolas. Je n'aurais jamais cru que Prudence pût courir aussi vite, ajouta-t-il.

Flora fut la première à se lever pour prendre congé, et tous l'imitèrent aussitôt. Nicolas proposa à Prudence de la raccompagner, mais celle-ci refusa, quoique à regret, visiblement. Son père, précisa-t-elle, n'apprécierait pas qu'elle rentrât à l'aube avec un gentleman pour toute escorte. Ce fut donc Flora qui offrit sa voiture.

Tous quatre quittèrent la pièce, mais la lueur rêveuse qui brillait dans le regard de Prudence n'avait pas échappé à Edwina. Elle était persuadée que son frère ne voyait en elle qu'une bonne camarade, et craignait que son amie n'eût le cœur brisé.

— Pourquoi cet air attristé ? s'enquit Anthony.
— Je pensais à un cœur brisé.

Il haussa un sourcil.

— Le vôtre ?
— Non.
— Seigneur ! Pas le mien, j'espère ? Avez-vous l'intention de me briser le cœur, Edwina ?
— Je ne le pense pas.

Il la rejoignit sur le canapé.

— Je suis rassuré. Cependant, vous avez tendance à le faire s'emballer, vous savez. J'ai frôlé la crise d'apoplexie à plusieurs reprises, cette nuit.
— Et en ce moment, est-ce qu'il s'emballe ?
— Oh, oui !
— Le mien également.

Il l'attira à lui et l'embrassa, doucement d'abord, puis avec fougue. Ce fut elle qui rompit leur étreinte la première.

— Je n'ai pas oublié que vous me deviez encore une faveur, murmura-t-elle.
— Moi non plus. Je suis votre serviteur.

Elle se détacha de lui, se leva, et lui tendit la main.

Enfin il la tenait nue dans ses bras !

Tony aurait aimé prolonger la séance de déshabillage, la regarder enlever ses vêtements un à un, mais le désir avait eu raison d'eux et ils s'étaient littéralement arraché leurs habits, qui gisaient à présent pêle-mêle sur le parquet, au milieu des épingles à cheveux et des peignes.

Légèrement apaisés, ils se contemplaient, s'exploraient mutuellement. Elle était encore plus belle que dans ses rêves les plus fous. Son corps n'était que douceur, souplesse, courbes parfaites.

Il ne se lassait pas de la toucher, de laisser courir ses mains sur sa peau veloutée, le long de son dos, sur ses fesses rebondies et ses seins fermes. Elle se frottait voluptueusement contre lui en gémissant.

Ivre de désir, il la souleva dans ses bras et la porta jusqu'au lit. Il voulait la voir mais il faisait trop sombre, aussi alla-t-il à la fenêtre écarter les rideaux. La pâle clarté de l'aube filtra dans la pièce, et il s'immobilisa un instant pour jouir du spectacle.

La peau laiteuse d'Edwina semblait presque iridescente, sa chevelure dénouée se déployait sur son épaule telle l'aile d'un grand oiseau noir, ses seins aux pointes dressées se soulevaient au rythme de sa respiration. Il regretta de ne pas être peintre pour fixer sur la toile toute cette splendeur.

Il s'assit près d'elle, et traça du doigt un chemin le long de son cou, entre ses seins, puis sur son ventre, jusqu'au triangle sombre au creux de ses cuisses. Elle frissonna, mais il ne s'attarda pas. Il refit le chemin inverse, et prit l'un de ses seins dans sa paume.

— Quel bonheur de vous toucher, murmura-t-il. Vous êtes si belle.

Elle l'attira à elle et s'empara de ses lèvres, avidement, presque goulûment. Toute pudeur oubliée, elle le caressait avec ferveur, mêlait sa langue à la sienne tout en ondulant sensuellement sous lui.

Ce fut lui qui rompit le baiser. Elle le regarda, haletante, les pupilles dilatées par le désir.

— Du calme, mon amour, souffla-t-il. Nous ne sommes pas là pour nous défier mais pour nous donner mutuellement du plaisir. Laissez-vous aller, Edwina…

Elle eut un soupir tremblant et parut se détendre. Il reprit ses lèvres avec douceur, puis descendit lentement et aspira la pointe de l'un de ses seins entre ses lèvres, tout en caressant l'autre d'une main experte.

Un cri étouffé lui échappa tandis qu'elle enfouissait les mains dans ses cheveux, pressant sa tête contre son sein pour qu'il ne cessât pas cette délicieuse torture. Les reins cambrés, la tête rejetée en arrière, elle s'offrait à ses caresses avec un abandon total.

La bouche de Tony reprit sa lente progression, s'attarda sur son ventre plat, puis plus bas encore. Il la sentit se tendre à l'instant où sa langue atteignit le bouton de sa féminité, puis un doux gémissement signa sa reddition.

Edwina crut que son cœur allait exploser dans sa poitrine. Jamais elle n'aurait imaginé connaître de nouveau le plaisir physique. Ce corps qu'elle avait si longtemps nié renaissait sous les doigts habiles d'Anthony. Et elle lui en était reconnaissante. Avec fougue et passion, il lui rappelait qu'elle était encore en vie. Elle vibrait de nouveau, pouvait aimer de nouveau.

Il bascula sur le côté et l'attira sur lui. Puis, l'agrippant aux hanches, il la fit glisser doucement sur lui jusqu'à ce que son sexe dressé vienne se nicher entre ses cuisses. Retenant son souffle, Edwina le prit lentement en elle, jusqu'à la garde. Les yeux fermés, elle s'immobilisa un instant, tout au plaisir de le sentir à l'intérieur de son corps.

Puis elle commença à onduler des hanches en cadence, lentement d'abord, puis de plus en plus vite. Il la laissa faire à sa guise, le regard assombri par le plaisir. L'enveloppant soudain de ses bras, il la fit rouler sous lui. Spontanément, elle enroula les jambes autour de ses hanches, et il faillit perdre tout contrôle. Elle répondait à chacun de ses coups de reins, le dos arqué, ses gémissements entrecoupés de petits cris. La jouissance vint d'un coup, si violente qu'elle faillit s'arracher à lui. Il eut juste le temps de voir qu'elle était encore plus belle dans l'extase avant de succomber à son tour.

Ils reposaient dans les bras l'un de l'autre, pantelants, en proie à cette douce langueur qui suit l'assouvissement du désir. Encore étourdi, Anthony la tenait serrée, tandis que la tension s'apaisait peu à peu. Elle s'agita, se lova contre son flanc, tel un chaton.

— Anthony ? murmura-t-elle.
— Oui, mon amour ?
— Merci.

Et elle sombra dans le sommeil.

15

Edwina se réveilla dans un tel état de plénitude qu'elle crut un instant avoir rêvé. Mais son corps délicieusement douloureux lui rappela qu'il n'en était rien. Elle tendit le bras et s'aperçut que la place était vide à ses côtés.

Se dressant sur un coude, elle découvrit Tony assis devant son secrétaire. La Minerve à la main, il en suivait du doigt les délicats contours.

Elle eut un frisson. Était-ce là tout ce qu'il désirait d'elle ? Récupérer cette maudite statuette ?

Mais non, bien sûr. Il y avait bien plus entre eux qu'un stupide pari. Elle aurait même juré qu'il ne s'agissait pas pour lui d'un simple intermède agréable et sans conséquence… Elle ne se serait pas abandonnée aussi complètement si ç'a n'avait été que cela.

Elle n'avait pas voulu qu'une telle chose arrive. Elle aurait préféré que ce ne fût qu'une histoire de désir et de plaisir, sans complication. Hélas, elle était incapable de désinvolture dès lors que la passion s'en mêlait.

Elle le contempla un instant, admirant son torse musclé, ses cheveux blonds en bataille qui scintillaient dans les premiers rayons du soleil, et son cœur se gonfla d'amour.

— Elle est belle, n'est-ce pas ?

Il sursauta et se retourna. Son regard empli de fureur lui fit l'effet d'une gifle. Seigneur, que s'était-il passé ? Elle se redressa, la main crispée sur le drap qui lui couvrait la poitrine.

— Oui, mais elle est morte, et froide, rétorqua-t-il. Quand comptiez-vous me parler de *ceci*, Edwina ?

Il brandissait l'exemplaire de *La Vitrine* qui contenait le pamphlet de Nicolas. Elle l'avait monté la veille, lorsqu'elle s'était changée avant leur expédition nocturne, et elle l'avait oublié !

Edwina aurait voulu mourir, disparaître sous terre, s'évanouir dans les airs. Tout plutôt que d'affronter sa colère !

— Savez-vous que l'un des hommes que votre frère attaque si violemment est mon oncle ? Et que mon père est son plus proche conseiller ?

Elle ravala sa salive.

— Oui.

Tony écarquilla les yeux, les narines frémissantes.

— Ainsi, vous saviez ? Bon sang ! Et vous avez pourtant autorisé votre frère à publier ce brûlot qui a failli être lu par plus de trois mille personnes, avec mon nom sur la couverture ! *Mon nom*, Edwina. Pas le vôtre, ni celui de votre frère ! Et mon père aurait pu tomber dessus, nom de Dieu !

— Mais nous avons empêché que cela arrive !

Il fallait absolument qu'elle lui explique.

— Pourquoi croyez-vous que j'étais tellement en colère, hier soir, et si pressée de récupérer tous les exemplaires ?

Il fixa sur elle un regard froid comme l'acier.

— Même s'il n'était pas paru dans le magazine par erreur, ce pamphlet n'en aurait pas moins été financé par moi, n'est-ce pas ?

— Qu... que dites-vous ?

— J'ai découvert votre petit secret, ma chère. Eh oui ! Quel singulier manque de sagesse de votre part que de laisser traîner votre fameux livre de comptes ! ajouta-t-il avec un méchant sourire railleur.

— Mon Dieu ! souffla-t-elle.

— Ainsi vous voliez votre oncle depuis des années pour financer vos écrits au vitriol, et vous continuiez avec moi ? Alors ? Oseriez-vous le nier ?

— Non, répondit-elle en levant le menton.

— Vous auriez pu demander, remarqua-t-il. J'aurais refusé, certes, car je n'aurais jamais permis que mon nom fût associé à une politique que je n'approuve pas entièrement. Vous le saviez, et c'est sans doute pourquoi vous avez choisi de ne rien dire, et de détourner une partie des bénéfices à votre profit.

Elle s'enveloppa du drap et sortit du lit.

— J'admets que nous avons utilisé une partie des bénéfices pour d'autres activités, mais ce n'était qu'une infime partie ! Et ce n'était pas du vol, mais une juste redistribution, pour soutenir de nobles causes.

— Comme celle de l'émancipation des catholiques irlandais ?

— Entre autres, oui.

— Et tant pis pour ceux que vous risquiez de blesser dans la foulée ?

— Le but n'était pas de blesser quiconque ! Ce n'était que l'exposé d'un certain nombre d'opinions, rien de plus.

— Dans lequel mon oncle était attaqué pour *ses* opinions !

— Êtes-vous en train de suggérer que nous devrions garder nos points de vue pour nous-mêmes, ne jamais nous permettre d'être en désaccord avec le gouvernement ?

— Je suggère simplement que vous avez eu tort de *voler* de l'argent pour soutenir vos satanées causes…

— Pour l'amour du Ciel, Anthony, nous n'avons fait qu'utiliser quelques sous d'un magazine féminin frivole pour faire le bien !

— Certes, mais je ne vous pardonne pas de m'avoir volé, *moi*, pour attaquer un membre de ma famille.

Agrippant toujours son drap, Edwina tenta de se calmer.

— Ce n'était pas mon intention, et je m'en suis déjà excusée. Vous avez vu combien je me suis démenée, hier soir, pour réparer notre erreur. Ne pourriez-vous au moins me reconnaître cela ?

Tony se contenta de lui adresser un regard de pur mépris, se leva et enfila sa chemise.

— Vous savez quoi, Edwina ? Je croyais être amoureux de vous. Ridicule, non ? Et je pensais que vous aviez de l'affection pour moi. J'étais prêt à tout risquer pour vous.

Il ramassa le reste de ses vêtements et les secoua pour les défroisser.

— Oui. Moi, le joueur qui ne parie jamais tout, j'étais prêt cette fois à *tout* risquer pour vous ! Quel idiot ! Vous vous êtes moquée de moi. Vous ne vous souciez ni de moi ni de quiconque, seules comptent à vos yeux ces masses anonymes que vous pensez aider avec vos maudites réformes ! Vous n'avez que le mot « cause » à la bouche. Vous vous sentez importante, et plus maligne que les autres parce que vous croyez comprendre les besoins des pauvres.

Il se rassit pour enfiler ses bottes.

— Mais dites-vous bien que vous n'êtes qu'une privilégiée qui joue à faire de la politique, et condescend à s'occuper de la populace.

— Ce n'est pas vrai.

— Oh, que si ! Vous aimez parler des problèmes des fermiers, des ouvriers et des filles des rues, mais vous ne savez rien de leur vie. Vous ne vous êtes jamais donné la peine de descendre dans la rue, ni d'aller les voir dans leurs masures ou leurs taudis. Je parie que même en France vous êtes restée dans les salons, bien au chaud, à vous gaver de belles paroles en prenant le thé avec d'autres privilégiés. Vous n'avez fait que jouer à la républicaine !

— Non, Anthony, vous avez tort...

— Vous vous moquez des gens, vous n'hésiteriez pas à les piétiner pour vos prétendus idéaux.

— Non, ce n'est pas vrai !

Elle se dressait devant lui, drapée dans son drap, et son cœur saignait.

— Comment ai-je pu croire un instant que vous pourriez vous abaisser à aimer un homme ? Vous ne pouvez aimer que les masses miséreuses. Elles seules font battre votre cœur de compassion, assise derrière votre bureau, bien protégée et armée de votre plume.

Non, il avait tort. Elle pouvait se soucier d'un seul homme. Elle le regarda boutonner sa redingote à la hâte, et dans un éclair de lucidité, elle sut qu'elle l'aimait. En dépit de ses paroles haineuses, elle l'aimait.

— Vous vous trompez, Anthony ! Je me soucie de vous.

Il la foudroya du regard.

— Lorsque l'on aime quelqu'un, on n'attaque pas publiquement un membre de sa famille. Certes, vous avez empêché que ce pamphlet paraisse dans *La Vitrine*. Mais vous n'avez pas interdit sa publication, ni qu'il soit imprimé avec mon argent !

— J'ai essayé de l'arrêter, se défendit-elle. J'ai dit à Nicolas...

— Je savais que quelque chose se tramait, la coupat-il. Mais je pensais pouvoir vous faire confiance. À tort, visiblement ! Non, décidément, vous êtes incapable d'aimer un homme. Et ne me parlez pas de votre amant français. Je doute que vous l'ayez vraiment aimé. Vous aimiez la cause qu'il défendait, ce qu'il représentait !

Edwina était anéantie. Comment pouvait-il penser une chose pareille ?

— Bien, ma chère, reprit-il en se dirigeant vers la porte, je vous laisse à vos grandes causes. Et à vos manigances. Il vous faudra trouver un autre moyen pour financer vos petits écrits séditieux, car vous ne pourrez plus compter sur *mon* argent. Je vous remercie cependant pour cette nuit de plaisir, ajouta-t-il. J'aurai au moins eu cela.

Il sortit, et Edwina demeura un instant clouée sur place. Une larme qu'elle n'avait pas sentie couler tomba sur son bras. Colère ? Déception ?

Certes, elle lui en voulait d'avoir proféré d'aussi terribles accusations, d'avoir refusé de l'écouter, d'avoir découvert sa tromperie, aussi... Elle était déçue par sa réaction, son intransigeance. Mais, surtout, elle souffrait !

Elle craignait d'aimer parce qu'elle redoutait le chaos émotionnel qui s'ensuivrait. Et ses craintes venaient de se confirmer de la plus douloureuse manière qui fût.

Elle s'approcha du lit d'un pas raide, et s'y laissa tomber. Aussitôt, l'odeur de Tony lui emplit les narines. Elle se redressa brusquement, alla prendre un peignoir dans son armoire. Elle l'enfila et s'assit devant la fenêtre, luttant pour ne pas se laisser emporter par le courant d'émotions contraires qui la secouait. Elle devait absolument se ressaisir, et reprendre sa vie normale...

Mais quelle vie ? Allait-elle continuer à diriger *La Vitrine*, avec de la bonne prose et plus de mode pour satisfaire les lectrices ? Cela semblait si naïf, et si frivole !

Elle ne pouvait s'empêcher de penser aux paroles de Tony l'accusant de *jouer* les républicaines. Avait-il raison ?

Certes, elle n'avait jamais marché dans les rues aux côtés des révolutionnaires. Elle n'avait fait que fréquenter le salon de Mme Roland où de grands penseurs, des stratèges, des hommes et des femmes échangeaient des idées à n'en plus finir. Mais, au fond, qu'en était-il résulté ? Très peu de chose. Ici même, dans son propre pays, elle ne connaissait pas vraiment non plus la misère qu'elle prétendait combattre, Anthony avait raison, elle devait le reconnaître.

En revanche, il se trompait – ô combien ! – sur un point : elle était capable d'amour ! En cet instant, elle aurait tellement préféré qu'il n'en fût rien.

— Tu as l'air bien misérable !

Nicolas se tenait à la porte du boudoir où Edwina avait trouvé refuge, près de la cheminée. Elle le fusilla du regard, attrapa le gros livre de poésie posé sur ses genoux et le lui lança à la figure.

Nicolas fit un bond de côté pour l'éviter.

— Mais que diable t'arrive-t-il ? s'exclama-t-il en pénétrant dans la pièce.

— Va-t'en, Nicolas. Je suis trop en colère contre toi pour avoir une discussion sensée.

Il ignora son ordre et prit un siège.

— Très bien, ne dis rien. C'est moi qui vais parler. Mais regarde-moi. Tu as pleuré !

Elle s'obstina à détourner le regard.

— Seigneur, Edwina, je déteste te voir malheureuse ! Je suppose que Morehouse est derrière cela. Je l'ai vu sortir à grands pas, ce matin, et débraillé, qui plus est.

— Ce ne sont pas tes affaires ! Alors, je t'en prie, ne me fais pas la leçon.

— Ce n'était pas mon intention. Seulement, il me semblait que les choses se passaient bien entre vous. Et à en juger par son allure, ce matin, j'ai cru comprendre qu'il sortait de ton lit.

— Et alors ? Je suis une grande fille.

— Bien sûr ! Mais il n'empêche qu'il y a un problème. Et comme je t'aime, je voudrais t'aider.

— Ah non, par pitié ! explosa-t-elle. Tu en as assez fait comme cela. Il a découvert ton satané pamphlet, et il est parti furieux. Je t'avais demandé de supprimer ce qui concernait Quayle, et tu ne l'as pas fait.

Nicolas paraissait accablé.

— J'ai oublié, Edwina ! Tout simplement oublié ! Je suis désolé.

— Tu peux l'être ! Mais il y a pire. J'avais laissé le dernier livre de comptes sur mon secrétaire, et il a tout compris. Il... il me hait, à présent.

Elle se détourna, luttant pour ne pas pleurer. Nicolas vint s'accroupir devant elle, et prit son visage entre ses mains.

— Mais non, il ne te hait pas, dit-il d'une voix douce. Il est en colère, c'est tout.

— Oh, Nickie, si tu savais quelles horribles choses il m'a dites !

— Qu'a-t-il dit ?

— Que je suis incapable d'aimer un homme, que je ne peux me dévouer qu'à une cause.

Il lui prit les mains, l'obligea à se lever et la serra très fort dans ses bras.

— Il se trompe, chuchota-t-il. Tu aimes des tas de gens. Et tu l'aimes, lui, n'est-ce pas ?

— Je l'ai cru, murmura-t-elle contre son épaule. Surtout après cette nuit. Je ne voulais pourtant plus revivre cela. J'ai tout fait pour résister, tu sais.

— Je sais. Et j'en étais très malheureux. J'étais si content de te voir sortir enfin de ta réserve.

Edwina se détacha de lui et s'approcha de la fenêtre. Elle contempla son petit jardin si net, si bien ordonné, et songea qu'elle n'était pas réservée mais disciplinée, tout simplement. Seulement, elle s'était autorisée à relâcher la discipline, et voilà le résultat !

— Laisse-moi aller trouver Morehouse. Je lui expliquerai que tout est ma faute.

— C'est inutile, Nicolas, soupira-t-elle. Cela ne marchera jamais entre nous. Il y a d'abord eu ce stupide pari, que je vais sans doute perdre, d'ailleurs, puisqu'il ne me reste que deux semaines pour rassembler six cents souscriptions. Et il demeure mon employeur, si je continue ici.

— Comment cela, si tu continues ?

— J'ai commencé à prendre conscience de la futilité de l'entreprise en regard de ce qui se passe dans le monde.

— Mais enfin, Edwina, comment peux-tu dire une chose pareille ? Tu touches des milliers de femmes !

— Je crois que j'aimerais m'impliquer plus... concrètement.

— De quelle façon ?

— Anthony m'a reproché de me gargariser de mots, mais de ne rien connaître de la réalité que je prétends dénoncer, et c'est vrai. Il est peut-être temps de faire quelque chose de plus utile.

— Sois prudente. Ne te jette pas tête baissée dans l'action parce que tu souffres. Morehouse a parlé sous le coup de la colère. Laisse-lui le temps de se calmer. Je suis certain qu'il regrette déjà ses paroles.

— Cela n'a pas d'importance. Nous n'étions pas faits l'un pour l'autre. Nous sommes trop différents. Il se moque de mes idéaux et ironise sur mes « causes », et je ne comprends pas sa façon de vivre. Il est désinvolte quand moi je n'aime que l'ordre, comme dans mon jardin.

Nicolas la rejoignit à la fenêtre.

— Mais ton jardin est une création artificielle, Edwina. La nature accepte un peu de désordre. Tu ne peux pas discipliner tes sentiments comme ton allée ou ta pelouse, et c'est tant mieux. Cela prouve que tu es bien vivante.

Tony était depuis quelques jours chez lui, à tourner comme un lion en cage. Furieux contre Edwina, contre Prudence, contre Nicolas... Contre toute la maisonnée de Golden Square, leurs causes à défendre et leurs manigances. Pourtant, il était loin de partager les vues de son oncle Cedric. En fait, il n'avait jamais été d'accord avec son oncle sur quoi que ce fût, mais pour la première fois de sa vie d'homme, il avait gagné l'admiration de son père, et il avait failli la perdre à tout jamais à cause de leurs stupides engagements !

Comment avait-il pu se tromper à ce point sur Edwina ? Tomber amoureux d'une femme qui s'apprêtait à le poignarder dans le dos ? Ces heures passées dans les bras l'un de l'autre l'avaient bouleversé. Pourquoi avait-elle fait en sorte qu'il en vienne à les regretter ?

Il allait l'oublier, la chasser définitivement de son esprit. Il n'avait pas besoin d'elle. D'autres plaisirs l'attendaient...

Cependant, tout lui semblait si vide, si peu digne d'intérêt sans elle !

Comment pourrait-il jamais se la sortir de la tête ?

Il leva les yeux de la table de jeu, pour découvrir Nicolas Parrish à ses côtés.

— C'est elle qui vous envoie ? demanda-t-il d'un ton rogue.

— Certainement pas. Mais j'aimerais vous parler en privé, s'il vous plaît.

— Maintenant ? Vous ne voyez pas que la chance me sourit ?

Nicolas jeta un coup d'œil au gros paquet de jetons posé devant Tony.

— S'il vous plaît, insista-t-il.

Tony soupira et s'excusa auprès des autres joueurs.

— Je crois que je vais déclarer forfait pour ce soir. Veuillez m'excuser.

Il ramassa ses gains et fit signe à Nicolas de le suivre dans un petit salon attenant.

— Que puis-je faire pour vous, Parrish ? s'enquit-il lorsqu'ils furent assis.

— Ed m'a tout raconté. C'est moi qui mérite votre colère, pas elle.

Tony n'avait pas envie d'écouter ses excuses, qu'il connaissait d'avance. Il fit mine de se lever, mais Nicolas l'arrêta d'un geste.

— Restez assis et écoutez-moi, Morehouse.

Il s'exécuta, subjugué malgré lui par le regard de Nicolas, si semblable à celui de sa sœur.

— Tout cet imbroglio avec le magazine est entièrement ma faute. Dès qu'Edwina a appris que Quayle était votre oncle, elle est venue me trouver et m'a demandé de supprimer son nom du pamphlet. Croyez-le ou non, mais j'ai tout simplement oublié de le faire. Lorsque je m'en suis souvenu, le papier était déjà chez l'imprimeur. Vous connaissez la suite. Ce fut de la malchance, une suite d'erreurs stupides, mais il n'y a eu aucune malveillance de ma part, et encore moins de celle d'Edwina.

— Bien, grogna Tony. Est-ce tout ?

— Non, ce n'est pas tout. J'aime énormément ma sœur, et vous l'avez rendue très malheureuse. Et cela ne me plaît pas.

Tony haussa les épaules. Voilà qu'il recommençait à jouer les protecteurs !

— Vous lui avez dit des choses extrêmement blessantes, dont une en particulier que je ne peux accepter.

— Oh ? Et laquelle ?

— Vous l'avez accusée d'être incapable d'aimer. Et si je suis ici, c'est pour vous dire que rien n'est plus faux. Edwina a aimé. Et elle aime encore. Si fort que son cœur se brise facilement.

Tony restait perplexe. Lui aurait-il brisé le cœur ? Il en doutait. Comment briser le cœur d'une femme qui avait dressé des barrières tout autour ?

— C'est une femme forte, qui veut tout contrôler, et y parvient souvent, continua Nicolas. Mais ne vous méprenez pas sur sa capacité à aimer. C'est justement parce qu'elle aime trop, et qu'elle ne peut que se donner entièrement, qu'elle craint d'aimer. La perte de Gervaise l'avait confortée dans sa peur, et je pensais qu'elle commençait enfin à la surmonter. Hélas, il semble à présent qu'elle ait plus peur que jamais, conclut-il en gratifiant Tony d'un regard qui en disait long.

Rien de tout cela n'était vraiment une révélation. Tony avait deviné la vulnérabilité d'Edwina depuis longtemps. Mais elle l'avait trompé, malgré tout.

— Je suis désolé, Parrish. J'avais vraiment l'espoir qu'il y eût quelque chose entre nous, mais elle m'a déçu. Vous m'avez tous déçu.

— Et vous ne pensez pas pouvoir lui pardonner ?

Tony réfléchit. Le pourrait-il ? Sa colère était encore trop présente.

— Elle est persuadée que vous la haïssez, ajouta Nicolas d'une voix douce. Est-ce vrai ?

— Bien sûr que non. Mais j'éprouve toujours une grande colère.

— Alors, il n'est pas impossible que vous lui pardonniez ?

— Je ne sais pas. Je suis incapable d'y voir clair, à l'heure qu'il est, Parrish. Donnez-moi un peu de temps.

— Votre pari arrive à expiration dans deux semaines.

Seigneur ! Déjà !

— Alors, laissez-moi jusque-là.

16

— Vous n'êtes pas sérieuse, mademoiselle ?

Edwina ne put s'empêcher de sourire devant l'expression effarée de Madge.

— Si, je le suis. Je veux me rendre à Saint-Giles, et comme c'est votre quartier, j'espérais que vous pourriez m'y accompagner.

— Vous avez perdu la tête, mademoiselle Parrish ! On va pas se promener dans ce genre d'endroits. C'est dangereux, surtout pour une femme comme vous.

— Voilà pourquoi je voudrais que vous veniez avec moi, Madge. Je me sentirai plus en sécurité.

— Je me demande pourquoi. C'est plutôt un grand costaud qu'il vous faudrait !

— Nous nous en sortirons fort bien toutes les deux. Du reste, je ne veux pas y aller la nuit, mais en plein jour. Je veux voir l'école.

— Oh, vous connaissez pas l'école ? s'étonna Madge. Mais c'est pourtant vous qui m'avez dit d'y aller.

La Vitrine finançait l'école pour prostituées depuis qu'Edwina et Nicolas avaient appris son existence, mais ni l'un ni l'autre n'y était jamais allé. Les accusations de Tony avaient fait leur chemin...

— J'ai entendu parler de l'école il y a quelques années, et nous avons décidé de participer financièrement à son fonctionnement. Voyant que Flora vous confiait des tâches plus importantes, j'ai pensé que ce serait une bonne idée que vous la fréquentiez.

— C'est sûr que si je savais lire, je ferais plus de bêtises, comme l'autre soir.

— Ce n'était pas votre faute, Madge. N'y pensez plus.

— C'est une belle chose de savoir lire et écrire, pour sûr ! déclara Madge en se redressant. J'ai fait des progrès, ajouta-t-elle fièrement. Un grand merci à vous, mademoiselle. Mais pourquoi vous voulez aller sur place ?

— Juste pour voir si je ne peux pas apporter mon aide. Je pourrais enseigner, par exemple.

— Vous ? À Saint-Giles ?

— Pourquoi pas ?

— Mais parce qu'une lady comme vous sera aussitôt repérée, là-bas. Le quartier est plein de coupe-gorge, et de voyous.

— Et la personne qui donne les cours ? répliqua Edwina. Elle ne craint apparemment pas pour sa sécurité.

— Mme Jakes est née tout près, à Seven Dials ! Elle a gagné en respectabilité en épousant un brasseur, mais elle connaît son monde !

— Et elle ne l'a pas oublié. C'est pour cela que je veux la rencontrer. Alors, on y va ?

Madge la dévisagea un instant, puis haussa les épaules.

— Comme vous voudrez, mademoiselle. Mais vous feriez mieux de changer de robe.

L'atmosphère changea peu après avoir dépassé Tottenham Court Road. Les rues se firent de plus étroites, les fiacres plus rares. Elles pénétraient dans ce qu'on appelait les bas-fonds. Des quartiers où Edwina n'avait jamais mis les pieds, alors que deux kilomètres à peine les séparaient de Golden Square.

Des silhouettes sombres se faufilaient et disparaissaient. Des monticules d'ordures emplissaient les ruelles, des ivrognes titubaient sous les porches et ricanaient à leur passage. Edwina se couvrit le nez de son foulard tant l'air empestait. À l'odeur fétide des détritus se mêlait une autre, plus suave, qu'elle ne tarda pas à reconnaître comme celle émanant des brasseries.

Elle se rapprocha instinctivement de Madge.

— Pressez le pas, mademoiselle. C'est pas un coin où il fait bon flâner.

Sur les conseils de Madge, Edwina avait revêtu une robe marron toute simple, et ne portait ni bijoux ni réticule. Elle avait simplement glissé quelques pièces dans sa poche, pour distribuer aux plus miséreux, mais elle s'apercevait de sa naïveté : les miséreux étaient si nombreux…

Elle regardait discrètement autour d'elle tout en marchant. La plupart des maisons abritaient des petits commerces au rez-de-chaussée : marchands des quatre-saisons, estaminets, bric-à-brac de marchandises de provenance douteuse. Les étages, lui apprit Madge, étaient surtout réservés au commerce illégal, et à la prostitution. Les fenêtres avaient toutes au moins un carreau de cassé, parfois bouché avec de la paille ou un bout de tissu crasseux. Une femme se pencha à l'une de ces fenêtres et versa un baquet d'eaux usées à leurs pieds.

Edwina jetait des coups d'œil furtifs aux femmes qui se tenaient aux fenêtres. Selon Madge, neuf sur dix étaient des prostituées. Certaines d'entre elles n'avaient pas plus de douze ou treize ans, mais toutes étaient dépenaillées, maigres, souffreteuses. Les hommes qu'elle apercevait, entrant dans une brasserie ou sortant d'un tripot, ne travaillaient pas pour la plupart, et attendaient l'argent des filles qui racolaient sur le trottoir.

Edwina serrait les poings de colère, contre elle-même surtout. Tant de misère à sa porte! Et elle s'était contentée de la décrire, confortablement installée dans son bureau.

Madge l'attrapa soudain par le bras et la tira à l'intérieur d'une maison sinistre située dans une allée sombre. Elles gravirent un escalier étroit qui débouchait sur un long couloir. Madge s'arrêta devant une porte, la poussa doucement et fit signe à Edwina de se taire.

— La leçon a commencé, chuchota-t-elle.

Trois bancs étaient alignés dans une pièce tout en longueur, éclairée par une unique fenêtre. Les filles avaient à la main quelques feuilles de papier et un méchant crayon. Elles écoutaient avec attention la jeune femme blonde et souriante qui leur montrait un grand cahier rempli de lettres en gros caractères.

— Bonjour, Madge, lança cette dernière. Je vois que tu as amené une amie. Quelle bonne idée! Faites-leur une place, mesdames.

Assis devant son petit déjeuner, Tony tentait de se concentrer sur la lecture des journaux du matin. Il avait beau faire, il ne parvenait pas à chasser Edwina de son esprit.

Il était toujours en colère contre elle. Du moins il s'y efforçait, tout en regrettant certaines de ses paroles, notamment à propos de son incapacité à aimer. C'était une insulte inexcusable, et il n'avait pas eu besoin de Nicolas Parrish pour le savoir.

Il ne savait trop que faire, à présent. La situation était délicate, certes. Ils s'étaient mutuellement blessés, mais il voulait croire qu'ils pourraient passer outre la blessure, et retrouver leur complicité d'avant. Il avait été sur le point de lui faire la demande de sa vie. Il devait être possible de sauver quelque chose de ce gâchis !

Il n'ignorait pas que le dernier numéro de *La Vitrine* avait été un succès, et était presque certain qu'elle allait gagner son pari. Et après ? Le chasserait-elle définitivement de sa vie ? Réussirait-elle à effacer de sa mémoire la passion et le désir qui les avaient emportés tel un raz-de-marée ? Une expérience d'une telle intensité était difficile à oublier… Voilà pourquoi il devait trouver une solution, ou du moins un compromis.

— Je vous prie de m'excuser, monsieur.

Le fidèle Brinkley se tenait à la porte, un paquet enveloppé de papier brun à la main.

— Un colis vient d'arriver, par porteur spécial.

— Merci, Brinkley.

Le majordome s'inclina et sortit d'un pas raide. Nul doute qu'il aurait aimé connaître le contenu du colis.

Anthony soupira, trancha la ficelle avec un coupe-papier et déballa le paquet. S'il n'avait aucune idée de son contenu, il ne s'attendait cependant pas à ce qu'il découvrit lorsqu'il ôta le couvercle de la boîte.

Couchée au milieu d'un nid d'épaisses étoffes, la Minerve le regardait.

Il la souleva d'une main mal assurée. Un billet soigneusement plié reposait au fond de la boîte. Bien sûr ! Il s'en saisit, et attendit un long moment avant de trouver le courage de le lire.

Anthony,

J'ai décidé de vous concéder notre pari dès à présent. Non parce que je ne crois pas pouvoir le gagner, mais parce que je ne veux plus du magazine. Il ne représente plus rien à mes yeux. J'ai trouvé à consacrer mon temps à des activités plus utiles. Je vous retourne donc le buste de Minerve, qui vous revient de droit. Je me vois dans l'impossibilité de continuer à éditer La Vitrine des élégantes. *Je ne crois pas que cela soit sage, et j'imagine que vous ne le souhaitez pas. Je resterai bien entendu à mon poste jusqu'à la fin du mois, afin d'assurer la sortie du prochain numéro. Après quoi, il vous faudra chercher un nouvel éditeur.*

Cordialement vôtre,
Edwina Parrish

Tony lâcha la lettre et se massa les tempes. Bon sang de bonsoir ! Qu'est-ce qu'il lui avait pris ? Ce n'était pas possible ! Elle ne pouvait pas abandonner le magazine. Il était sa fierté, sa raison de vivre !

Des bribes de conversation lui revinrent en mémoire. Elle avait tellement insisté pour engager le meilleur dessinateur, puis le meilleur graveur. Elle avait de telles ambitions pour ses lectrices, et s'entendait si bien avec Flora ! Et elle était prête à envoyer tout balader ?

Il fit courir ses doigts d'un air absent sur le délicat profil de bronze. Tout était sa faute. Cette décision soudaine ne pouvait être que le résultat des accusations brutales qu'il lui avait lancées à la figure. Il la revit, fièrement dressée devant lui, le drap serré contre sa poitrine, tentant de se défendre alors qu'il mettait en cause ses principes. Il avait supposé que ces paroles-là, du moins, ne l'avaient pas atteinte.

Il s'était lourdement trompé !

Elle les avait prises très à cœur, au contraire. Il ne pouvait accepter sa décision Ce magazine était le sien, elle en était l'âme. Il avait toujours eu l'intention de le lui abandonner, mais elle aurait refusé. Le pari n'était destiné qu'à ménager sa fierté.

Il n'était cependant peut-être pas trop tard pour réparer son erreur...

—Tu as lu cela, Edwina ?

Prudence lui tendit le *Morning Chronicle* et pointa le doigt sur une annonce en page de titre.

L'éditeur de La Vitrine des élégantes *souhaite attirer l'attention de ses lectrices sur les récentes améliorations apportées au magazine. La chronique de mode, en particulier, s'est étoffée, et est désormais illustrée de planches dessinées par Sir Lionel Raisbeck, de la Royal Academy. Pour saluer ces changements, et commémorer la paix récemment signée, l'éditeur annonce que le montant de chaque souscription reçue dans les deux semaines à venir sera reversé à l'Association de Bienfaisance au profit des veuves et des orphelins de guerre. L'éditeur espère que toutes les élégantes feront un geste charitable.*

Prudence arborait un large sourire.

—Tu vois ? Il fait tout pour t'aider à gagner ton pari.

—C'est trop tard. Je lui ai concédé la victoire.

—Tu as fait quoi ?

—J'ai abandonné. Je renonce à *La Vitrine*.

—Tu n'es pas sérieuse !

—Mais si. Ce n'est rien d'autre, finalement, qu'un magazine frivole. Et les quelques subtils messages que nous y glissons ne font pas grande différence. À moins de deux kilomètres d'ici, il y a des gens qui meurent de faim dans des taudis, et notre magazine ne les aide pas.

Prudence fronçait les sourcils.

— Que t'arrive-t-il, Edwina ? Tu as toujours reconnu que ce magazine n'était pas une tribune politique, mais qu'à sa manière discrète il jouait un rôle non négligeable auprès des femmes. Tu en étais si fière, et voilà que tu prétends qu'il ne t'intéresse plus ?

— Il est trop tard, je te le répète. Je lui ai même renvoyé la Minerve.

— Oh, non !

Edwina haussa les épaules.

— Je lui ai également remis ma démission. De toute façon, après notre querelle – le mot est faible – je doute qu'il souhaite me garder comme éditrice. La situation serait impossible.

Prudence posa les mains à plat sur le bureau et se pencha vers son amie.

— Edwina, je t'ai toujours admirée, respectée, et même enviée, parfois. Mais aujourd'hui, tu me déçois énormément. Je ne te pensais pas capable d'agir aussi stupidement.

— Prudence, je...

— M. Morehouse était en colère, soit, mais il avait de bonnes raisons. Oui, il t'a dit des choses blessantes, mais cette annonce prouve qu'il se soucie de toi. Il veut que tu gagnes, et il t'aime !

Dieu, qu'Edwina aurait voulu la croire ! Elle avait désespérément tenté d'étouffer ses sentiments, de se convaincre qu'elle ne l'aimait pas. Elle avait voulu le chasser de ses pensées, oublier son regard brûlant de passion, ses baisers ardents, son corps couvrant le sien. Sans succès.

— Nicolas est allé lui parler, tu sais, reprit Prudence.

— Non, je ne le savais pas, répliqua Edwina d'une voix crispée. Comment le sais-tu, toi?

— Il me l'a dit. Il se sentait coupable, et il est allé expliquer à M. Morehouse que tout était sa faute. Ne sois pas stupide, ne laisse pas une erreur malheureuse gâcher votre amour. Cette annonce est une façon de te faire des excuses, accepte-les.

Nicolas entra en courant et jeta un exemplaire du *Times* sur le bureau.

— Vous n'allez pas en croire vos yeux!

— Es-tu devenu fou, mon fils?

— C'est possible, mère, mais permettez-moi d'insister. Vous avez confectionné des douzaines de cocardes en l'honneur de l'Union au début de l'année. Vous pouvez bien recommencer en l'honneur de la paix.

— Mais enfin, Anthony, *cinq cents* cocardes!

— Je sais que c'est beaucoup, mais j'ai apporté des centaines de mètres de ruban, et j'ai de bonnes ouvrières pour vous aider. Il vous suffit de leur montrer comment faire et de leur trouver un endroit pour travailler. Je les ai déjà installées dans le petit salon.

— Des ouvrières? Dans le petit salon?

— Oui. Vous voyez, j'ai pensé à tout. Alors, mère, vous acceptez?

— Une cocarde aux couleurs de la paix offerte avec chaque nouvelle souscription, c'est une bonne idée, je dois le reconnaître.

Lady Morehouse sourit et se leva.

— Je n'ai jamais rien su te refuser, tu le sais. J'espère seulement que cela t'apportera ce que tu désires.

— Je ne vous ai pas dit ce que je désirais, mère.

— Non, mais je le devine sans peine, sourit-elle. Bien, mon fils. Mettons-nous au travail sans tarder.

Un rugissement les cloua sur place alors qu'ils arrivaient au bas de l'escalier.

— Octavia !

Sir Frederick se tenait dans le corridor, le visage cramoisi.

— Qu'y a-t-il, mon ami ?

— Pourriez-vous m'expliquer ce que font six catins débraillées dans mon petit salon ?

17

Prudence tournait autour du bureau pendant qu'Edwina comptait les nouveaux abonnés.

— Quatre cent dix-sept, annonça-t-elle.

— C'est merveilleux! s'exclama Prudence. Et en une semaine seulement! Tu vas gagner, Edwina.

— Mais j'ai déjà déclaré forfait.

— Bah! Tu changeras d'avis, c'est tout. Imagine, *La Vitrine* sera à toi, à toi seule! Aurais-tu jamais cru une telle chose possible?

Une semaine plus tôt, Edwina avait presque réussi à se convaincre que le magazine lui importait peu. Elle désirait sincèrement faire quelque chose de plus utile, comme Mme Jakes à Saint-Giles, par exemple. Mais sa résolution avait faibli au fur et à mesure que le courrier s'empilait sur son bureau.

— J'ai commencé à rêver après le pari avec Anthony, je l'avoue. Mais je n'ai jamais réellement pensé que mon rêve deviendrait réalité.

— Cela aurait été impossible sans l'aide de M. Morehouse, lui rappela Prudence. Il a tout fait pour perdre, reconnais-le, Edwina. Cela semble plutôt étrange pour un joueur, non?

— Je sais que tu as bâti une romance à notre sujet, mais tu vas au-devant d'une grosse déception. Il veut perdre le magazine parce qu'il n'en a que faire. Il n'en a jamais voulu. Souviens-toi, il croyait avoir gagné un meuble !

Prudence gloussa.

— De l'eau a coulé sous les ponts depuis. Il ne se serait pas donné tant de mal si ce n'avait été pour toi.

— Je ne sais plus quoi penser, avoua Edwina. Pour être franche, je n'ai jamais eu l'esprit aussi confus.

— Est-ce que tu l'aimes ?

— Je crois que oui.

— Et penses-tu qu'il t'aime ?

— Il aurait pu m'aimer, avant d'avoir découvert ma tromperie. À présent, je suppose qu'il me hait. Si tu avais entendu ce qu'il m'a dit, tu comprendrais.

— Mais non, il ne te hait pas, il l'a dit à Nicolas. Il est juste en colère, et déçu.

— Ce n'est déjà pas si mal, j'imagine, risqua Edwina.

— Cela signifie qu'il y a de l'espoir ! Qu'une réconciliation n'est pas impossible.

— Je ne sais pas, Prudence, soupira-t-elle. J'ai vraiment espéré... qu'il pourrait m'aimer. Je me sentais si vivante avec lui, si entière de nouveau.

— Eh bien, tu dois lui en être reconnaissante, quoi qu'il se passe maintenant. J'ai toujours pensé que tu portais ton chagrin comme une armure, pour te protéger de la vie.

— Si tu avais vu ce que j'ai vu en France, Prudence, tu comprendrais.

— Quelles sornettes !

Edwina tressaillit.

— Je te demande pardon ?

— D'autres personnes étaient en France. Elles ont souffert et perdu des êtres chers, mais elles ont continué à vivre.

— Moi aussi, se défendit Edwina.

— Sans doute, mais tu as verrouillé ton cœur, ce qui nous a tous rendus très tristes.

— Eh bien, réjouissez-vous. J'ai tenté de le déverrouiller récemment, et il a volé en éclats !

— Mademoiselle Parrish ?

Lucy passait la tête par la porte entrebâillée.

— Mme Westover souhaiterait vous parler.

— Eleanor ! Faites-la entrer.

Son amie pénétra dans la pièce quelques secondes plus tard, rayonnante de bonheur, et fort élégante.

— Alors, c'est ici que le plus célèbre des magazines féminins voit le jour ?

— Eleanor, comme je suis heureuse de vous voir ! s'exclama Edwina. Je vous présente Prudence Armitage, mon assistante et amie. Prudence, voici l'épouse de Simon, Mme Westover.

— Ravie de vous rencontrer, mademoiselle Armitage, mais je crains de devoir vous enlever Edwina pendant un moment.

— M'enlever ? Pour m'emmener où ?

— Prenez votre chapeau et votre châle, Edwina, et ne posez pas de questions. J'ai quelque chose à vous montrer. Ce ne sera pas long, je vous le promets. Oh, et voici le papier de Simon pour le courrier du cœur, avec ses amitiés, ajouta Eleanor. À présent, allons-y !

Intriguée, Edwina s'exécuta, et ne posa aucune question avant d'avoir pris place dans le magnifique landau que Simon avait offert à sa femme en cadeau de mariage.

— Allez-vous me dire ce qui se passe, à la fin ?

— Je veux simplement que vous assistiez à un événement extraordinaire, qui est en train de se produire au beau milieu de Hyde Park.

Edwina fronça les sourcils.

— Est-ce que cet événement impliquerait Anthony Morehouse ?

— Qu'est-ce qui vous fait penser cela ?

— Tout le monde semble vouloir nous réconcilier à tout prix, figurez-vous.

Eleanor prit la main de son amie et la pressa doucement.

— J'ai appris ce qui s'était passé, avoua-t-elle. Nicolas en a parlé à Simon. Le pauvre en était malade. Et, bien sûr, Simon m'a tout raconté. Je comptais venir vous voir pour vous offrir mon aide, lorsque j'ai été témoin d'une chose extraordinaire alors que je me promenais dans le parc.

— Anthony était dans le parc... avec quelqu'un ?

— Oui, mais... Ne vous inquiétez pas, vous verrez vous-même.

Les yeux d'Eleanor pétillaient de malice.

— Hibbert, arrêtez-vous ici, s'il vous plaît.

Elles atteignaient les grilles du parc. Edwina regarda son amie d'un air surpris.

— Pourquoi ici ?

— Peut-être ne voulez-vous pas qu'il vous voie tout de suite, suggéra Eleanor avec un sourire. Vous distinguez cet attroupement, là-bas, près de la Serpentine.

— Oui, mais... Oh ! que... que fait-il donc ?

Eleanor se mit à rire ouvertement.

— On peut dire que vous avez trouvé un homme qui a l'esprit d'entreprise ! Il a installé une table au beau milieu du parc, à l'heure de grande fréquentation, et il propose des souscriptions à votre magazine aux élégantes qui se promènent.

Edwina réprima un petit rire nerveux.

— Vous plaisantez ? Pourquoi ferait-il une chose pareille ?

— Si vous le permettez, ma chère, je vais aller y voir de plus près.

— Oh, oui, Eleanor ! Allez-y. Je vous attends ici.

Eleanor se dirigea droit vers la table. Edwina la vit parler à Anthony. Il lui tendit quelque chose qui ressemblait à une fleur, lui baisa la main et lança un bref coup d'œil en direction du landau.

L'avait-il vue ?

Edwina piaffait d'impatience tandis qu'Eleanor rebroussait chemin.

— Alors ? la pressa-t-elle lorsqu'elle remonta en voiture.

Pour toute réponse, Eleanor lui tendit une rosette joliment tressée de rubans tricolores, avec une épingle fixée dessous. C'était charmant, mais...

— Qu'est-ce que c'est ?

— Une cocarde en l'honneur de la paix. Anthony en a fait confectionner cinq cents. Il en offre une à chaque dame qui s'abonne à *La Vitrine*.

— Un cadeau pour les nouveaux abonnés ? C'est très astucieux.

— N'est-ce pas ? Et cela remporte un franc succès. Regardez.

Un cabriolet sortait du parc, et les deux dames assises à l'arrière arboraient une cocarde aux couleurs patriotiques agrafée à leur corsage.

— Et je ne vous ai pas tout dit, poursuivit Eleanor. Il a posé sur la table une grande jarre entourée d'une sorte de phylactère où est inscrit le nom de sa société de bienfaisance. Elle déborde de billets ! À propos, cette cocarde est pour vous. Il me l'a donnée, pour mon amie restée dans le landau. Il m'a chargée de lui dire qu'il avait récolté plus de deux cents souscriptions.

Edwina sursauta.

— Deux cents ? Mais il ne m'en manquait plus que cent soixante pour gagner mon pari !

— Félicitations, ma chère ! Vous êtes l'heureuse propriétaire d'un magazine.

Anthony se présenta à Golden Square le lendemain. Lorsque Edwina leva les yeux de son bureau, il se tenait dans l'encadrement de la porte, une boîte à la main. Son cœur se mit à battre à grands coups désordonnés.

— Je vous ai rapporté la Minerve, dit-il d'une voix neutre. Vous avez gagné votre pari.

— Mais… j'ai déclaré forfait.

— Je n'accepte pas votre décision, répliqua-t-il en s'approchant du bureau sur lequel il posa la boîte. Vous avez gagné loyalement. J'ai également apporté les documents à signer pour que *La Vitrine* vous appartienne légalement.

Elle se leva et porta la main à sa bouche pour étouffer un cri.

— Je ne crois pas avoir gagné loyalement. C'est grâce à vous que le nombre d'abonnements a doublé. Vous avez continué à vous démener alors même que je vous avais dit ne plus vouloir du magazine.

— J'ai choisi de ne pas vous croire.

Il la connaissait bien. Peut-être mieux qu'elle ne se connaissait elle-même.

— En outre, je n'ai apporté un peu d'aide qu'à la dernière minute. Vous avez fait l'essentiel vous-même, avec votre équipe de premier ordre, bien sûr. Et puis, l'argent des souscriptions était destiné à servir une bonne cause…

— Je sais. Mais je vous remercie tout de même de tous vos efforts.

Anthony sortit les papiers de sa poche et les étala sur le bureau.

— Signez ceci, Edwina, et *La Vitrine* est à vous. Mon notaire est de toute confiance, mais je vous conseille tout de même de prendre le temps de lire ce document avec attention afin de savoir précisément ce que vous recevez. Si vous préférez que votre propre notaire...

Edwina trempa sa plume dans l'encrier et signa. Puis, sans hésiter, elle contourna le bureau pour s'approcher de lui, glissa les bras autour de sa taille et appuya la tête sur son épaule.

Anthony l'entoura de ses bras et la pressa très fort contre lui.

— Edwina, je...

Elle le fit taire d'un doigt sur la bouche.

— Non, moi d'abord. Je voudrais vous présenter mes excuses pour avoir utilisé une partie de vos bénéfices à des fins personnelles.

— Excuses acceptées.

— Si facilement ?

— Eh bien, j'ai tout d'abord été furieux. Mais j'ai vu l'école de Saint-Giles, et l'hôpital de Derby, entre autres. Je n'avais rien contre vos activités, c'est la manière dont vous procédiez que je condamnais. Maintenant, vous pourrez agir à votre guise.

— Je voudrais également m'excuser de ne pas m'être assurée que Nicolas avait bien retiré le nom de votre oncle de son pamphlet.

— Excuses acceptées. Votre frère est venu me trouver. Il assume l'entière responsabilité de cette faute.

— Ensuite, je vous prie de m'excuser de ne pas vous avoir fait confiance et de ne pas vous avoir tout avoué dès le début.

— J'accepte vos excuses. Mais vous n'aviez aucune raison de me faire confiance alors que je vous avais forcée à parier votre magazine d'entrée de jeu.

— Enfin…

Elle le regarda au fond des yeux, essayant d'y puiser la force dont elle avait besoin pour continuer.

— Enfin ?

— Enfin, je vous aime, Anthony Morehouse.

Il ferma les yeux et appuya son front contre le sien.

— Oh, Edwina, je ne le mérite pas. Après toutes les horreurs que je vous ai dites…

— Excuses acceptées.

Il lui souleva le menton et l'embrassa si tendrement qu'elle faillit fondre en larmes. Il s'écarta doucement, prit ses mains dans les siennes et les serra très fort.

— À mon tour maintenant. Moi aussi, je vous dois des excuses. J'ai parlé sous le coup de la colère. Mais la colère est passée, et l'amour est resté intact. Je vous aime, Edwina.

Seigneur ! Comment avait-elle pu croire qu'elle ne voulait plus jamais entendre ces mots ?

— Je vous aime, je vous désire, je vous veux pour moi seul, continua-t-il avec ferveur. Je pense que nous nous ferons du bien l'un à l'autre. J'ai besoin de vous pour me stabiliser, pour dompter ma nature désinvolte. J'ai besoin de vous pour apprendre à m'ouvrir aux autres, à être moins égoïste…

— Oh, Anthony !

— Et vous avez besoin de moi pour vous libérer de votre carapace, pour vous montrer comment prendre des risques, pour aller au bout de vos rêves.

Elle sentit ses genoux se dérober sous elle, et il resserra son étreinte.

— Nous nous complétons, Edwina, murmura-t-il. Du moins, vous me complétez. Sans vous je suis insatisfait.

— Moi aussi, j'ai besoin de vous, Anthony. Pour toutes les raisons que vous avez dites. J'ai besoin de vous dans ma vie, dans mon cœur, et dans mon lit.

— C'est exactement ce que je désirais entendre, avoua-t-il, radieux. Je veux passer toutes mes nuits à vous faire l'amour, à vous plonger dans des abîmes de volupté. Mais il y a cependant une question qui me tourmente.

— Laquelle ?

— Vous êtes une femme si peu conventionnelle, Edwina, et nous avons croisé le fer plus souvent qu'à notre tour. Puis-je espérer que vous accepterez de vivre en paix avec moi dans une institution aussi affreusement conventionnelle que le mariage ?

La joie illuminait le beau visage d'Edwina lorsqu'elle lui répondit :

— Je doute que la paix soit durable entre nous. Mais je vous parie que nous réussirons à faire de cette vieille institution un modèle du genre.

— Pari tenu. J'y engage toute ma vie.

Et il l'embrassa longuement pour sceller le marché.

ÉPILOGUE

Elle sentit les lèvres d'Anthony effleurer les siennes, et répondit langoureusement à son baiser.

— Humm, quelle délicieuse façon de se réveiller ! commenta-t-elle en s'étirant.

— Bonjour, madame Morehouse.

— Je trouve que cela sonne fort bien, déclara-t-elle en souriant.

— Tu es toujours aussi belle au réveil. J'étais inquiet, tu sais.

— À quel sujet ?

— Je craignais que ton incroyable beauté diurne ne s'évanouît, une fois que tu aurais enlevé tes postiches et tes cosmétiques. On ne sait jamais, vois-tu.

Elle éclata de rire.

— Eh bien, maintenant, tu sais. Je dois dire que tu es aussi très beau au réveil, monsieur Morehouse.

— Vous me comblez, mon épouse, déclara-t-il théâtralement.

— Le mariage était très réussi, Anthony. Ta mère a été si charmante.

— Elle a trempé ma veste de larmes.

— Et j'aime bien ton père, finalement, en dépit du peu de soutien qu'il a manifesté à ton égard au cours des années. J'ai bien cru qu'il allait se mettre à pleurer lorsque tu lui as donné la Minerve.

— C'était si gentil de ta part de me permettre de la lui rendre. À présent, elle se trouve là où elle doit être. Et maintenant, mon amour, es-tu prête pour notre voyage de noces ?

— Presque. Il me reste deux ou trois petites choses à emballer.

— Tu es certaine de vouloir retourner à Paris ? demanda-t-il, un peu soucieux. Cela ne va pas te rappeler trop de souvenirs douloureux ?

— C'est possible. Mais tu m'aideras à les chasser. J'ai hâte de revoir la ville, et ce que Bonaparte en a fait. Et peut-être que... j'ose à peine te l'avouer.

— Quoi ?

— Peut-être que je ferai un peu les boutiques. Ma garde-robe est affreusement démodée, et je ne voudrais pas faire honte à un mari aussi élégant.

Anthony glissa paresseusement l'index sur ses seins.

— Je te préférerais toujours telle que tu es en ce moment, observa-t-il.

Un frisson parcourut son corps et elle ferma les yeux.

— Je me sens toute drôle à l'idée de quitter ma maison si longtemps.

— Tu es inquiète pour le magazine ?

— Pas vraiment, mais je me sens un peu coupable de laisser Prudence s'en occuper seule pendant plusieurs mois.

— Nicolas l'aidera.

— C'est justement ce qui me préoccupe... Mais peu importe. Je suis bien décidée à tout oublier pour profiter pleinement de ce voyage, et me laisser aller à la luxure avec mon beau mari.

— Tu as bien dit luxure ?

— Oui. Et aussi absence totale de retenue, et passion débridée.

— Ah, je savais bien que je ne m'étais pas trompé à ton sujet ! Tu es une vraie femme moderne. Approche un peu.

Il roula sur elle et l'emporta dans un tourbillon de plaisir. L'aventure du mariage commençait par une sublime fête des sens.

Découvrez les prochaines nouveautés de la collection

Aventures et Passions

Le 1er juillet
L'Étoile de Jaïpur
de Patricia Cabot (n° 7613)

Jeremy, duc de Rawlings, retrouve son Angleterre natale après quelques années passées aux Indes. Ses victorieuses batailles à l'étranger le ramènent auréolé de gloire. Notamment grâce à son célèbre sauvetage de l'Étoile de Jaïpur... C'est donc en homme accompli que Jeremy retrouve Maggie, celle qu'il voulait épouser en dépit des conventions sociales. Mais leurs retrouvailles ne se font pas sans étincelles car l'Étoile de Jaïpur n'est autre qu'une magnifique princesse indienne qui a suivi le jeune homme dans la froide Angleterre...

Le 8 juillet
Un baiser diabolique
de Liz Carlyle (n° 7692)

Malgré son emploi du temps surchargé, le duc de Walrafen lit les virulentes lettres de la gouvernante de son oncle, Aubrey Montfort, et s'en amuse. Elle insiste pour qu'il prenne plus à cœur les intérêts et la santé du vieil homme. Mais lorsque ce dernier est retrouvé mort et que l'on soupçonne un meurtre, ce n'est plus drôle. Walrafen part enquêter sur place et découvre avec fascination une jeune femme belle et altière qui a tout d'une aristocrate et rien d'une gouvernante.

Le 8 juillet
Impétueuse Elizabeth
de Pamela Britton (n° 7693)

Lucien St. Aubry a toujours été entouré par la mort. Ses parents, son meilleur ami, puis son frère aîné sont décédés et la haute société a fini par croire qu'il portait malheur. Le pire c'est qu'il est accusé du meurtre de son frère... Lors d'un bal, cédant à une inspiration soudaine, Lucien décide de séduire la jeune lady Elizabeth Montclair, simplement parce qu'elle le déteste. Mais lorsqu'ils sont surpris dans une situation compromettante, il doit l'épouser.

Ce mois-ci, retrouvez également les titres de la collection

Amour et Destin

Des histoires d'amour riches en émotions déclinées en trois genres :

Intrigue *Romance d'aujourd'hui* *Comédie*

Le 2 juin   *Romance d'aujourd'hui*
Le souvenir de Laurel
de Sandra Steffen (n° 7645)
Liza découvre que Laurel, sa sœur jumelle, qui a succombé à une tumeur au cerveau cinq ans auparavant, a donné naissance à un enfant avant de mourir. Elle se rend alors à Alcott où vivent le petit Tommy et son père, Jack, shérif de la petite ville. Jack croit rêver en regardant approcher celle qu'il confond quelques instants avec la femme qu'il chérissait. Pour Liza, il est difficile d'affronter le passé et de taire les rancœurs qu'elle nourrit à son encontre. Mais le présent douloureux les force à passer sous silence leurs souvenirs...

Le 10 juin   *Intrigue*
Pacte mortel - 1 : Au nom de Vince
de Mariah Stewart (n° 7646)
Que peuvent se raconter trois criminels lorsqu'ils se retrouvent ensemble en garde-à-vue ? Surtout lorsque l'un d'entre eux, Channing, est un tueur en série ! Ils discutent de qui ils aimeraient voir mort... Dès qu'il sort, Channing décide de s'occuper de la liste de Vince sur laquelle figure une certaine Mlle Douglas. Mais il n'y en a pas qu'une seule dans le comté et, après deux meurtres, Mara Douglas se sent en danger. D'autant plus que Channing en fait une affaire personnelle. Même si Mara est protégée par Aidan, un ami du FBI, le tueur se rapproche...

Le 24 juin   *Comédie*
Mon voisin, ce héros
de Catherine Alliott (n° 7656)
Pauvre de moi ! Larguée avec ma fille de dix ans et la nouvelle maison en plein chantier. Mais bon, ce n'est pas parce que le monde s'écroule que la vie s'arrête. Il faut réagir : sécher ses larmes, s'affirmer comme une femme autonome et forte, s'ouvrir au monde... En commençant par le voisinage. Justement, le voisin, il est franchement bizarroïde. Il agite les bras devant sa fenêtre fermée en hurlant des invectives que personne n'entend. Et, l'autre jour, il a fait ses courses en pyjama. Inquiétant, non ? En même temps, il est si mignon !

NOUVELLE COLLECTION

Amour et Mystère

Sous le charme d'un amour envoûtant

Le 17 juin
Le cercle des immortels – 1 : L'homme maudit
de Sherrilyn Kenyon (n° 7687)
Grace Alexander est psychiatre, spécialisée dans les problèmes sexuels et pourtant elle n'a connu que très peu d'hommes et préfère la solitude. Mais quand sa meilleure amie Selena fait apparaître un demi-dieu, Julian de Macédoine, spécialiste du sexe, dans son salon, et dans l'obligation de la satisfaire pendant un mois, elle pourrait céder facilement à la tentation. Et pourtant, elle résiste. Très vite, leurs sentiments les poussent à vouloir briser la malédiction qui pèse sur Julian...

NOUVELLE COLLECTION

Passion intense

Quand l'amour vous plonge dans un monde de sensualité

Le 17 juin
Extases
de Robin Schone et Bertrice Small (n° 7522)
Dans un pays lointain et imaginaire, le prince Dagon est fait prisonnier et vendu comme esclave à Kalida, reine d'un royaume de femmes. Kalida, experte en amour, n'a jamais rencontré un homme capable de lui donner du plaisir et, amoureux, Dagon s'engage à être le premier. Abigail se retire quelques jours dans un cottage pour lire une dernière fois ses livres érotiques. À trente ans, elle a enfin décidé de se marier. Mais lorsqu'un orage oblige Robert Coally à se réfugier dans son abri, voici l'occasion unique pour eux de vivre tous leurs fantasmes…

7648

Composition Chesteroc Ltd
Achevé d'imprimer en France (Manchecourt)
par Maury-Eurolivres
le 10 mai 2005.
Dépôt légal mai 2005. ISBN 2-290-34544-X

Éditions J'ai lu
84, rue de Grenelle, 75007 Paris
Diffusion France et étranger : Flammarion